O MONSTRO

Obras de Sérgio Sant'Anna

O Sobrevivente (contos)
Edições Estória, 1969.

Notas de Manfredo Rangel, repórter (contos)
Editora Civilização Brasileira, 1973 — Prêmio Guimarães Rosa 1974.

Confissões de Ralfo (Uma autobiografia imaginária)
Editora Civilização Brasileira, 1975.

Simulacros (romance)
Editora Civilização Brasileira, 1977.

Circo (poema permutacional para computador, cartão e perfuratriz)
Edições Quilombo, 1980.

Um romance de geração (comédia dramática)
Editora Civilização Brasileira, 1981.

O concerto de João Gilberto no Rio de Janeiro (contos)
Editora Ática, 1982 — Prêmio Jabuti 1983, categoria conto.

Junk-box (Uma tragicomédia nos Tristes Trópicos) (poesia)
Editora Anima, 1984, 2ª edição revista e aumentada,
Editora Dubolso, 2002, ilustrações de Sebastião Nunes.

Amazona (novela)
Nova Fronteira, 1986 — Prêmio Jabuti 1986, categoria novela.

A senhorita Simpson, seis contos e uma novela
Companhia das Letras, 1987.

Breve história do espírito, três histórias
Companhia das Letras, 1991.

O monstro, três histórias
Companhia das Letras, 1994.

Um crime delicado (romance)
Companhia das Letras, 1997 — Prêmio Jabuti 1988, categoria romance.

Contos e novelas reunidos
Companhia das Letras, 1997.

O vôo da madrugada (contos e novela)
Companhia das Letras, 2003, Prêmio APCA 2003, categoria conto;
Prêmio Jabuti 2004, categoria conto;
Prêmio Portugal Telecom 2004, 2º lugar, categoria geral.

A tragédia brasileira (romance-teatro)
Editora Guanabara, 1987.
Companhia das Letras, 2005, 2ª edição revista pelo autor.

SÉRGIO SANT'ANNA

O MONSTRO
Três histórias de amor

7ª reimpressão

COMPANHIA DAS LETRAS

Copyright © 1994 by Sérgio Sant'Anna

Capa:
João Baptista da Costa Aguiar

Foto da capa:
Bob Wolfenson

Preparação:
Márcia Copola

Revisão:
Carmen S. da Costa
Ana Maria Barbosa

Os personagens e situações desta obra são reais apenas no universo da ficção; não se referem a pessoas e fatos concretos, e sobre eles não emitem opinião.

Dados Internacionais de Catalogação na Publicação (CIP)
(Câmara Brasileira do Livro, SP, Brasil)

Sant'Anna, Sérgio, 1941-
 O monstro : três histórias de amor / Sérgio Sant'Anna.
— São Paulo: Companhia das Letras, 1994.

ISBN 978-85-7164-366-6

1. Contos brasileiros I. Título.

93-3693   CDD-869.935

Índices para catálogo sistemático:
1. Contos : Século 20 : Literatura brasileira 869.935
2. Século 20 : Contos : Literatura brasileira 869.935

2010

Todos os direitos desta edição reservados à
EDITORA SCHWARCZ LTDA.
Rua Bandeira Paulista, 702, cj. 32
04532-002 — São Paulo — SP
Telefone: (11) 3707-3500
Fax: (11) 3707-3501
www.companhiadasletras.com.br

Para Cristina

ÍNDICE

Uma carta 11

O monstro 37

As cartas não mentem jamais . 81

UMA CARTA

Carlos,

A questão do tratamento a lhe dar me fez manter suspensa a escrita desta carta, a caneta na mão, e confesso que cheguei a escrever, no início de uma página depois abandonada, "Carlos, meu amor". E, ao confessar-lhe isso, não deixo de ser esperta, pois enquanto me absolvo de um derramamento ou pecadilho de expressão, não o desperdiço inteiramente.

Talvez você se espante de eu me expor assim, depois do tão pouco tempo em que verdadeiramente estivemos juntos. Eu mesma me assombro, porque naquela hora o que fez meu coração bater mais forte foi o entregar-me à atração, à aventura. Pois, quanto ao resto, com toda aquela pressa, o medo...

Mas bastou que eu o deixasse para que sentimentos de toda espécie começassem a crescer dentro de mim e, durante aquela noite, já na minha cama, desejei-o mais do que antes, o quis muito, apesar da certeza de que as coisas deveriam terminar exatamente no ponto em que terminaram.

Na manhã seguinte, sabendo que você voltava para São Paulo, procurei concentrar meus pensamentos em você dentro do avião, ou onde quer que depois estivesse, de modo que você os recebesse e também dirigisse os seus pensamentos para mim. Não posso dizer que recebi algum misterioso sinal da sua parte, pois isso seria mentir e não quero mentir o mínimo que seja. Mas não devo estar errada ao acreditar que você terá pensado, nessas horas, sobre o que se passou entre nós, pois viagens solitárias são bons momentos para revivermos acontecimentos fortes. Estamos indo embora, no entanto ainda presos ao lugar e pessoas das quais nos afastamos e, depois, só aos poucos se diluem as memórias e imagens, misturando-se a tantas outras. Estou sendo óbvia, mas é isso. Quanto a mim, que fiquei, elas estão comigo e crescem.

Entenda bem que não quero escrever a cartinha saudosa de uma professorinha de interior, ou melhor, uma engenheirazinha sentimental. Quero escrever sobre as coisas, se isso é possível, como elas foram e são, o que poderá assustá-lo um pouco, ou muito, mas não posso deixar de fazê-lo. Não é apenas mais forte do que eu, sou eu mesma, nisso. Apenas terei o cuidado, por você, de não enviar esta carta para a sua casa, mas para a Secretaria, pois os dois endereços estão disponíveis na Prefeitura. Espero que ela não se perca aí no meio da correspondência oficial. Mas, ainda que se extravie... Bem, isso você entenderá adiante.

Antes quero falar do princípio, dizer que logo que o vi, notei que era um homem atraente, ao seu modo, de uma forma sóbria, com as devidas marcas no rosto, os cabelos começando a embranquecer, o paletó sobre a camisa esporte, tudo discreto mas não deselegante, como quem não deseja ser excessivamente notado. Depois percebi que não era exatamente ou apenas isso, pois não o vejo agora como alguém que não tenha nenhuma consciência do seu poder de atração e sim como um homem que expressa, através da aparência, o seu modo de ser, para si próprio em primeiro lugar, mas isto acaba por se estender aos outros e determina como as relações podem ser estabelecidas. Mas não haveria aí também timidez? Quanto à aliança bem visível na mão esquerda, ela não deixava dúvidas. Curioso que diga isso quem não respeitou todos esses limites.

Se tenho, no entanto, este poder quase vocacional para delimitar espaços e detalhes, houve, antes mesmo que eu pudesse separar o primeiro deles — ou pelo menos assim me surge agora —, muito mais do que uma impressão, o sentimento de uma presença, que teria se manifestado no momento em que você entrou no auditório, uma fração de segundo antes que eu o tivesse visto verdadeiramente.

De toda maneira, a boa impressão se confirmou na forma objetiva e sensível com que você expôs os problemas da educação nos municípios menores e médios. Falou sem enfeites ou bajulações políticas sobre o que a Secretaria, no que estivesse em suas mãos, pretendia realizar aqui. Havia até um certo ceticismo no seu tom de voz, como quem diz: vou fazer o que for possível e espero, mas não exageradamente, que as coisas corram bem.

Não tenho a menor pretensão à exclusividade, no sentido de que também outras mulheres não o tenham notado — e quem sabe o atraído —, mas reivindico talvez só para mim a observação em você dessa espécie de paz na desilusão, que chega com o tempo para algumas pessoas. E que se manifestava em você desde o descaso cuidado com que se apresentava fisicamente, até a forma quase imperceptivelmente irônica com que expunha o seu pensamento, diante daquilo que sempre há de utópico num plano, numa construção.

Vi com você aquelas salas e pátios possíveis, de cujo projeto e execução talvez viesse eu a participar mas que, por enquanto, eram linhas e espaços na mente, que poderiam ser ocupados por crianças, um dia, muitas delas ainda não nascidas, como se também não passassem de abstrações — e como isso tem a ver comigo que não tive filhos, e prefiro assim —, mas em cujo destino já estaríamos interferindo.

Pensei: quero estar perto desse homem. Claro que não exatamente por causa de linhas e espaços.

Sei que você também fixou seus olhos em mim, mais de uma vez, de um jeito especial, sem deixar de ser discreto. Teria sido assim apenas porque eu era uma ouvinte atenta? Ou o fio de uma teia já fora tecido, de modo que se pudesse escolher ser capturado nele ou não? E quem seria afinal a aranha, eu ou você? Ou se encontraria ela pairando sobre nós?

Não estou me valorizando, nem quero isso. Ao contrário, reclamo para mim a iniciativa de tê-lo olhado com insistência, não por esses joguinhos tolos de sedução, mas para não deixar-lhe dúvidas de que o queria, de um modo que ainda não era muito claro para mim. Ou melhor, ainda não era muito clara a forma como isso poderia se realizar.

O único receio, digo-lhe mais uma vez, é o de passar-lhe uma imagem de mulher insatisfeita do interior (o que é em parte verdadeiro), com a cabeça em novelas e revistas românticas (que não leio). Mas não deixaria de ter sua graça — e nós que rimos juntos no momento certo, podemos rir disso também — uma fotonovela que me reproduzisse ali sentada no auditório, contemplando-o em silêncio durante a sua exposição, mas com um daqueles balõezinhos de histórias em quadrinhos sobre a minha cabeça, contendo pensamentos do tipo: "Como ele é simpático, inteligente!".

É claro que numa primeira impressão de uma pessoa pela qual nos sentimos atraídos colocamos muito de nós mesmos, de nossas fantasias, quase arbitrariamente. Construiríamos assim o outro à imagem de nossos sentimentos e desejos. Mas não me sinto, no caso, iludida por eles, e há o meu lado bem "real".

Como pode perceber, sou bastante racional para observar meus sentimentos de certa distância, destacá-los. No entanto, sigo-os. E crio, com eles, novas construções. Mais do que me proporcionarem o prazer algo insatisfatório da simples imaginação, são como obras que necessito edificar.

Assim é que posso reconstruir o momento em que nos conhecemos, quando fomos apenas formalmente apresentados, para situá-lo não mais no Centro Cultural e Esportivo da Prefeitura e sim num desses casarões antigos, daqui do interior, para o qual teríamos ambos sido convidados como hóspedes de fim de semana, sem no entanto nos conhecermos previamente. No segundo andar haveria quartos para os convidados e abriríamos num mesmo instante, por acaso, as nossas portas. Eu o olho, você me olha, sorrimos e caminhamos um em direção ao outro. Só que em vez de nos apresentarmos convencionalmente, nos abraçamos, comovidos, como um homem e uma mulher que se conhecessem havia longo tempo. Ou, melhor seria talvez dizer, que tivessem a sensação forte de se conhecerem desde muito antes, e agora se encontrassem. E um de nós, não importa qual terá tomado a iniciativa, sem necessidade de palavras, conduzirá o outro ao seu quarto, onde se abraçarão e se acariciarão, até que finalmente se possuem, sempre sem palavras, pelo menos não aquelas que tentam explicar e entender as coisas, mas somente as que se pronunciam no momento do amor, inclusive as belas e rudes palavras de vulgaridade, como as que foram trocadas entre nós quando nos conhecemos intimamente.

A partir daí, embora eu tenha visualizado uma cama larga, os móveis de uma boa casa de fazenda, dentro do quarto, ou mesmo uma paisagem e os sons de fim de tarde lá fora, devo me deter, antes que tenhamos de seguir o curso de alguma outra história, com alguns convivas à mesa, à nossa espera lá embaixo para o jantar — e por isso prefiro retornar à nossa verdadeira história.

Nela, tive de lutar e não me envergonho disso, porque era naquele momento ou nunca. Como não quero ser presunçosa, até para não decepcionar-me em meu orgulho, não vou supor que você se afastou para fumar no pátio também por um pretexto para que eu pudesse ir ter com você, durante aquele ridículo e providencial coquetel em que se pavoneavam as "autoridades" do município.

Quanto a mim, pela própria maneira de segurar o cigarro que lhe pedi, você deve ter percebido que não fumo. De qualquer modo eu era a engenheira, e conversar com você mais detalhadamente sobre as obras fazia sentido.

Conto que acendo um outro cigarro agora enquanto escrevo, de um maço que senti necessidade de comprar para esta noite. E não será justamente assim que se inicia um vício? Fumo este cigarro não apenas porque me liga aos momentos em que estivemos juntos no pátio e no carro, mas a outros momentos, nos tempos quase de criança, em que fumar era uma transgressão tão excitante, uma passagem da menina para a mulher, que me fazia tremer as pernas, como elas me tremem agora.

No entanto, apesar de tudo, não posso dizer que estava premeditado o que se passou a seguir. Digamos que estava apenas guardado dentro de mim, sem que eu o reconhecesse com clareza, à espera de saltar. Quando o prefeito, com toda certeza enciumado politicamente de nossa conversa particular, veio ter conosco e disse que o motorista estava à sua espera para conduzi-lo ao hotel e depois à casa dele, para o jantar, aquela mentira saltou como uma verdade segura de minha boca: a de que havíamos combinado que eu o levaria no meu carro. E, pela forma pronta como você confirmou, ainda que fosse para evitar-me constrangimentos, que ia comigo, deixando o prefeito impossibilitado de qualquer interferência, pode-se dizer que, se eu o conduzia, certamente você se deixava levar.

Ainda assim eu não diria que havia um plano traçado, mas que se traçava a cada passo. Até aquele momento, talvez eu apenas me desse conta do desejo de ter você um pouco mais de tempo em minha companhia.

Muitas vezes, dirigindo o meu carro por aqui, fui tomada pela sensação, a que às vezes me entregava, de que tanto podia tomar uma direção como outra, seguindo os meus impulsos. E podia ir longe assim, como se estivesse partindo, e às vezes chegava a sentir que não voltaria, em mais de um sentido. Não porque houvesse alguma coisa em especial contra a cidade, mas simplesmente pelo desejo de abandonar-me, afastando-me cada vez mais. E sendo esta cidade não muito grande, logo se vai ter, como você viu, em áreas pouco habitadas ou completamente ermas — e se é verdade que eu acabava por ter medo quando a noite chegava, havia como que um prazer e um desejo nesse medo.

Posso dizer que durante o percurso até o centro da cidade fui acometida por um impulso desses, com a diferença de que, desta vez, eu não estava sozinha. E em momento algum deixou de estar presente em mim a noção de que deveria deixá-lo a tempo de você chegar na hora à casa do prefeito, pois seria inconcebível e até escandaloso não fazê-lo. E quando tomei bruscamente a estrada lateral, o desejo de me afastar e de não ter limites só podia ser de outra ordem e extensão. Talvez supusesse que apenas conversaríamos, enquanto mostraria a você "o meu mundo"; talvez eu imaginasse algum tipo de contato com as mãos, ou alguma combinação para mais tarde, outro dia, não sei bem.

Mas quando você, sem dizer qualquer palavra, pousou a mão em minhas pernas, ficou absolutamente claro que era o que devia acontecer, era o que eu queria que acontecesse, havia buscado desde o princípio.

Pois logo ao tê-lo "capturado" no meu carro, ao pisar os pedais para a partida, eu havia me dado conta de uma coisa tão simples mas tão rara vivendo onde vivo e fazendo o que faço (pelo estado do meu carro você pode imaginar os lugares por onde ando): eu estava de vestido!

É claro que se fosse a "mulher séria", a "engenheira", que se podia esperar de mim, eu teria procurado compor o vestido quando ele subiu por minhas pernas, por causa da posição de guiar o carro. Mas o que fiz foi apenas rir de mim, e você, sempre tão sério, acabou por rir também. Mas não creio que percebeu, enquanto eu falava atropeladamente sobre as coisas banais da cidade, que eu estava também embaraçada e emocionada. Pois se você me atraía, sim, desde o princípio, eu estava esquecida de mim até então, não pensava na coisa na direção oposta, eu como uma mulher que seria desejada. Como também me emociono agora ao pensar que pusera o vestido para você, para o funcionário da Secretaria a ser recepcionado no Centro Cultural e Esportivo e a quem eu era levada a visualizar como um desses burocratas barrigudos. E logo, quem diria, estava tirando esse vestido para ele. No espaço desajeitado de um carro, mas o que importa? Ou talvez até mais do que isso: não seria exatamente assim que deveria acontecer, já que foi assim que aconteceu?

Acredito que não deva ser difícil para você compreender, mesmo sendo um homem, que eu não estava apenas nua, mas nua daquele determinado vestido, com o seu tecido leve que me fazia sentir a pele, o que não é a mesma coisa que estar nua

19

de uma roupa qualquer, do macacão ou dos jeans que costumo usar em minhas visitas às obras, ou em minhas escapadas, quando posso despi-los para nadar, ou mesmo eventualmente para um homem, mas nunca assim numa estrada, num rompante, pode ter certeza disso — e não se trata de uma justificação.

Não, era uma outra coisa e não apenas porque eu estava com você, desculpe-me, mas por mim mesma, por todas as circunstâncias, desde o vestido novo que eu comprara em São Paulo, sem saber quando ou onde iria usá-lo (mas não haveria aí, já, uma espécie de intenção sem rosto?), até o fato de tirá-lo para um homem que verdadeiramente eu não conhecia — ou só conhecia ao ponto de saber que me provocava esse desejo e essa coragem de arrojar-me sem qualquer cuidado. Mas só não poderia isso se passar justamente com um desconhecido?

Engraçado que numa outra reconstrução, que talvez fosse melhor chamar de demolição — e como me agrada isso —, não me vejo com o vestido apenas amarrotado, depois de tudo, mas em frangalhos, com folhas e pequenos gravetos agarrados ao seu tecido e à minha própria pele machucada, com manchas roxas, o sangue dos arranhões, picadas de insetos, terra úmida, de modo que eu não o usaria nunca mais, esse vestido, tê-lo-ia gasto de uma só vez, junto com mais um pedaço, um grande pedaço, de mim mesma. E não me importa que você tenha tirado cuidadosamente a sua roupa — se até ajudei-o a dobrá-la, pois compreendia que você não devia retornar ao hotel com os vestígios desse escândalo que eu só queria em mim mesma —, mas de qualquer modo reconstituo também assim a nossa cena, não mais naquele banco de automóvel (céus, onde foram parar as minhas pernas) e sim tendo descido dele para nos deitarmos no meio da mata, sobre folhas caídas e galhos secos, ouvindo os mesmos ruídos da água nas pedras que ouvíamos do carro — e que só eu sabia que vinham daquele poço escuro, escondido, no qual às vezes mergulho durante meus passeios; os mesmos sons da angústia dos animais na noite, misturando-se aos nossos gemidos; a solenidade e força de tudo o que nos cercava, só que, nesta reconstrução, como se estivéssemos em seu interior mesmo, integrados nele como dois bichos. E seria assim, estropiada, seminua, que eu teria dirigido o carro de volta à cidade.

Você estranhará, talvez, que eu me utilize de uma escrita tão solene para me referir a um ato tão primário quanto o que se passou entre nós. Tão primitivo e animal que você já poderá, a esta altura, ter se jactado com algum amigo, contando simplesmente que me comeu. Que comeu a engenheira que mal acabara de conhecer na cidade onde esteve a trabalho. Mas não se preocupe, pois me agrada isso, que as coisas, no final, possam ser reduzidas à sua expressão mais simples.

Só que aqui, para mim, há também o vasto espaço interior de uma mulher só, a ser preenchido. Como se o som potente de um órgão soasse numa catedral. Sim, sou pretensiosa. E, na harmonia da composição que nele se executa, há que caber, como preparação, uma sintaxe grave, que de repente seja estilhaçada por palavras cruas e vulgares.

— Não há perigo? — você perguntou, com toda razão desconfiado, pois ali estávamos completamente indefesos, à mercê de eventuais curiosos desgarrados, ou da polícia, ou de bandidos. Porque até numa cidade como esta podem acontecer certas coisas.

— Me fode — eu disse apenas, para romper toda a sua capa de resistência, de civilização, obrigando-o a pronunciar comigo, enquanto me fodia, aquelas palavras tão gritantes que até os mais obscenos hesitam em dizer ou escrever. Essas palavras que agora estarão irremediavelmente agarradas a esta carta.

— Diga que você está com o seu pau dentro da minha boceta.

— Estou com o meu pau dentro de você — você disse.

— Da minha boceta — eu insisti, e você acabou por repetir.

Mas por que contar-lhe coisas e repetir palavras que você viveu e pronunciou junto comigo? Talvez pense que tudo isto, esta carta, se deva a algum desejo maníaco de excitar-me e excitá-lo por correspondência, o que será apenas em parte verdadeiro. Porque é nesta escrita e construção — e esta sua razão

maior — que as coisas parecem ter acontecido, tornam-se reais e vivas. Escrevo então para repetir, viver.
— Você é louca — você disse, depois.
— Sim, sou louca — eu disse e repito-o agora.

Ao iniciarmos o caminho de retorno, você, fumando em silêncio, de volta à realidade, mostrava-se tenso, entre outras coisas, possivelmente, pela maneira brusca de eu dirigir naquela estrada estreita de terra, esburacada e cheia de curvas, mas que eu conhecia tão bem. E adivinhando outra preocupação sua, avisei que não iria àquele jantar.
— Se perguntarem por mim, diga que o deixei no hotel, pedindo desculpas porque estava com dor de cabeça. E não se preocupe que ninguém nos viu aqui.
Mas era evidente que algumas pessoas, mulheres, principalmente, tendo nos visto deixar juntos o Centro Cultural, procurariam ler em seus olhos algum indício do que poderia ter se passado entre nós. Mas o que verdadeiramente pesa, nas convenções dessa gente, é que nenhum ato escandaloso e proibido se produza diante dos outros, desmascarando de certo modo a todos, a fim de que possam prosseguir sem embaraços no jogo das dissimulações. E sobretudo o prefeito, embora possa ter fingido lamentar a minha ausência, terá ficado contente porque o seu próprio jogo político se faria mais à vontade sem esta observadora incômoda.
Já em minha casa, porém, eu visualizava um lugar vazio àquela mesa — ainda que nela houvessem feito arranjos de última hora — onde eu podia ver-me presente e me comprazia com isso: saber-me ainda colada ao seu pensamento, seu corpo, por mais que você desejasse despregar-se de mim. Do mesmo modo que, aqui, você estava comigo. Creio mesmo que é sábio os amantes, ainda os que por um único encontro, separarem-se logo após esse encontro, para então verdadeiramente gozá-lo, quanto a mim posso dizer que literalmente!

Quando retomamos o asfalto, e o carro podia rodar velozmente mas com suavidade, percebi você já tranqüilizado e, por que não dizer, feliz. Talvez por ter mergulhado e saído incólume de uma aventura inesperada, perigosa, podendo reassumir, dentro do seu elemento, o seu papel. Entenda bem que não o critico, pois todos encarnamos um e isso se pode dizer também de quem se toma por louca.

— Quem sabe nos veremos um dia? — você disse então, colocando a mão esquerda, a da aliança, em meu ombro, sentindo-se seguro o suficiente para mostrar-se protetor e conduzir a situação; para permitir-se a gentileza de insinuar uma possibilidade que, com certeza, não esperava ver concretizada.

Porém percebo que me adianto a ser senhora dos seus sentimentos e devo corrigir-me, para repetir que para mim basta — e é muito — que você reconheça dentro de si, e talvez anuncie a outros, que possuiu, "comeu", uma mulher que mal conhecia, uma estranha!

— Sim, quem sabe um dia... — disse eu, pedindo-lhe que me passasse o cigarro para uma tragada. — Mas de qualquer modo já foi bom.

Mas ao deixá-lo, por cautela, numa rua próxima ao hotel, vendo você acenar-me, desajeitado, e depois dar-me as costas e desaparecer na esquina, provavelmente para sempre, para mim as coisas mal se iniciavam. Pois era preciso que eu ficasse sozinha para sentir mais; para poder dedicar-me aos meus pensamentos, minhas construções; à escrita, a princípio inercial e interior, desta carta.

Como se você, o nosso encontro — que vão se tornando cada vez mais isso — não passassem de um pretexto para que eu, depois de tudo, pudesse escrever esta carta.

E se por acaso vier a se dar um outro e improvável encontro, este jamais deveria ocorrer aqui, em circunstâncias que, no mínimo, lembrariam as que vivemos, sobrepondo-se a elas, borrando-as; impedindo que se prolongassem como se prolongam aqui, na carta.

Construiria eu então esse novo encontro num quarto de hotel aí em São Paulo, numa altura tão elevada que dominaríamos a cidade. Talvez porque as experiências mais absolutas só possam se dar em tais extremos: o meio da mata e a cidade imensa, que nos tornam ínfimos e únicos.

Ver-me-ia, assim, debruçada à janela, sobre os milhões de pontos luminosos da cidade, enquanto você me enlaça pelas costas. Não penso exatamente numa perversão, embora não a descarte inteiramente, mas o que de fato importa nesse abraço é que seja sem rostos ou beijos, que seja cada um por si. Que, sentindo o seu corpo no meu, eu possa absorver também aqueles pontos móveis ou fixos de luz e os seus buracos de trevas; possa misturar-me, como antes no meio da mata, com o que no interior da cidade se passa de ânsia e de medo, de violência e de gozo, enquanto eu, apesar de minúscula lá em cima, preencho-me de tudo isso, me torno maior, muito maior.

Escrevo no anexo que me serve de escritório, próximo à casa. Para chegar a este barracão, como o chamo e onde às vezes durmo, quando o trabalho me leva até muito tarde, é preciso atravessar parte do quintal. Se você me houvesse visto nessa travessia, me consideraria um bicho ainda mais estranho, justificando o que disse: "Você é louca!".

Quando me decidi a vir até aqui, já estava de camisola. Vesti um penhoar e calcei uma dessas incríveis botinas com grandes cordões, das quais se poderia dizer "de homem". Pois, cruzando o quintal, tinha de pisar a terra, o capim alto em alguns pontos. É uma noite sem lua, com as estrelas bem visíveis, ao contrário dos sapos, lagartos, aranhas e o que mais você queira...

"Não tem ela medo?", talvez você se pergunte. Sim, tenho medo. Mas alguma força me empurra na direção desse medo, e, sabendo disso, você estará penetrando mais um pouco em meu território, compreendendo melhor aquilo que me levou a empurrar-nos até aquele ponto sem volta, anteontem, para que tivesse de acontecer exatamente o que aconteceu entre nós.

E quero contar um fato. Atravessando este mesmo quintal, um dia, deparei com uma cobra. Não era a primeira vez que via uma delas, é claro, mas essa já armara o seu bote e emitia um chiado rouco do poço vermelho em sua goela. Eu estava a dois passos e poderia ter retornado, para pegar minha arma ou chamar o caseiro, mas, com o coração batendo forte, não arredei o pé, enquanto me abaixava devagarinho para pegar uma pedra de bom tamanho. E quando já tinha a pedra na mão, sem despregar os olhos da cobra, é que pude perceber, pela primeira vez, o ódio que existe no olhar de uma serpente ameaçada. Mais do que medo, senti horror de que um animal pudesse odiar-me tanto assim, ainda que por uma circunstância "de tráfego". Mas havia algo mais forte do que eu, que não me deixava fugir, e fiquei ali, com a pedra armada na mão, sustentando o olhar da serpente. Até que ela desarmou o bote e rastejou para longe de mim, para desaparecer sob o portão dos fundos. Eu a vencera e poderia tê-la matado facilmente pelas costas, mas não o fiz.

Quem sabe revele eu isso a você agora para impressioná-lo, atraí-lo ao modo do fascínio hipnótico de uma serpente? Mas não será só isso, porque as coisas nunca são uma só coisa e, à medida que escrevemos sobre elas, os caminhos se bifurcam, às vezes queremos seguir todos eles e uma escrita vai se tornando interminável, até que entregamos os pontos de pura exaustão.

Escrevo em companhia do gato que, como de hábito, esgueirou-se entre minhas pernas quando abri a porta e agora já dorme sobre a "sua almofada". O gato é uma grande companhia, uma presença aconchegante que nunca se faz excessiva, como, por exemplo, a de um cachorro ou, por que não confessar, a de um homem. E aqui você estará entendendo ainda mais, muito mais, de mim e do modo como se deu o nosso encontro. Eu mesma me entendo muito melhor à medida que vou escrevendo essas linhas; entendo, inclusive, por que esse encontro só poderia se dar com alguém que logo estaria partindo.

Aqui estão guardados os meus instrumentos de trabalho, minha prancheta. Há também um filtro d'água, a velha poltrona, uma rede, outros objetos de uso. Escrevo aqui por um hábito tão entranhado que, acredito, as palavras não sairiam em outro lugar, pelo menos não tão ordenadamente.

Mas por que essa necessidade de ordenar, por que uma carta tão extensa? Talvez porque eu deva ser obsessivamente minuciosa para não me desagregar em minha solidão — ainda que escolhida — quando as coisas, as pessoas, todos os entes e objetos, os próprios pedaços de mim mesma, ameaçam-me com não terem mais nenhum elo entre si, nenhuma consistência, nexo ou nome. Então é preciso dar-lhes um contorno, letra, e dizer e escrever, por exemplo, o gato, a serpente. Aquele ali é o gato, posso acordá-lo e rolar com ele pelo chão, ainda que me arranhe, enquanto a serpente é mortal. É preciso dizer-me isso.

Porque, no momento em que encarava a serpente, sua goela horrenda, eu me sentia como que impelida para aquele poço de veneno, a esfregar meu rosto nele. Que a sua língua me tocasse ou fosse a minha própria língua, e era preciso que eu puxasse todo o controle da razão para abaixar-me e pegar a pedra, a fim de defender-me... ou atacar! Mas, no momento em que a deixei escapulir, quando a poupei, tive a sensação de que, rastejando para a liberdade, fugindo de mim, quem ia ali era eu mesma. O sol se refletiu numa pedreira, mais ao longe, e vi a cobra, vi a mim, dissolver-me em sua massa incandescente, constituída também de carne e sangue. E agora, ao descrevê-la, sinto-me aliviada e feliz por ter conseguido dar corpo a uma sensação tão difusa. Porque tudo o que se pensa e sente de alguma forma existe e é preciso dizê-lo.

Por isso traço plantas, projetos, e uma carta como esta, ou cálculos abstratos que redundam em edificações, mesmo que a eles, como a arquiteta que também sou, acrescente a fantasia dos meus desejos, construindo uma realidade que do contrário não haveria, não há, quando você se descuida disso, o que, se por um lado é delicioso, desligar-se, deixar as coisas simplesmente passarem por nós, de outro lado nos aterroriza, essa noção de que elas se perdem para sempre. Por isso sou a engenheira, ainda que sonhe com desmoronamentos, dissoluções, que possam dar lugar ao vazio que se abre em leque para novas coisas, sempre novas coisas.

Ordeno as coisas e as palavras, então — e você acertou, embora com a intenção amável de brincar comigo —, porque sou louca, se tal qualificação pode traduzir o que se passa em mim, talvez em todos nós, só que uns se controlam e se protegem mais do que outros, e devo eu controlar-me e ordenar mais do que todos, porque me reconheço louca.

A noite avançou para além da sua metade e dei-me conta de estar cansada, como se já houvesse dito muito. Igual tivesse caminhado um longo percurso, subindo e descendo picadas no meio da mata e depois mergulhado no poço, para então distender-me e sentir todo o esforço despendido nesse caminho. Mas ainda não é tudo.

Levantei-me, fui ao banheiro e, de volta, abri a janela, respirei fundo. Quando escrevo "o poço", refiro-me também, para não me tornar excessivamente abstrata, àquele poço nas proximidades do qual estivemos e cujas águas ouvíamos. Nele, é possível atravessar a queda-d'água e ocultar-se como que atrás de um véu. Na primeira vez em que o fiz, sem que ninguém me houvesse indicado a passagem, experimentei o sentimento de uma liberdade nunca antes tida, e de que haveria poucos lugares como aquele, no interior do trovão das águas, onde uma pessoa poderia dissolver-se em forças muito maiores do que ela.

Existem ali duas ou três pedras em que se pode sentar, e se respira com a água caindo a centímetros do seu rosto. Cheguei a imaginar fosse eu um bicho, para o qual não existiria tanto essa diferença, entre o corpo, o cérebro, e tudo aquilo que os cerca. Mas logo percebi que sempre haveria esta atenção que me impediria de abandonar-me inteiramente, que não fosse junto com o meu pensamento. E tendo me submetido ao choque da força da água, eu me tornava ainda mais alerta para mim mesma, ainda que fosse para um eu em perda, em fuga das coisas que lhe parecessem secundárias, que o dispersassem do seu verdadeiro centro.

Não vou dizer que uma descoberta espetacular teria se dado ali mesmo e diante da qual eu gritara de euforia, mas me permito afirmar esta coisa um tanto complicada ou até afetada: que aquela exploração, que se somava a outras, foi decisiva para que eu aceitasse, sim, por inteiro, este pensamento atento que nunca me larga, esta *razão*, que me propiciava estar ali no ninho atrás das águas e medir-me nele. E ainda ter o conhecimento do que todo mundo conhece, mas não sei quantos se debruçam sobre isso: que o ser humano é um animal radicalmente racional e no entanto selvagem, por mais que se defenda de uma coisa ou de outra. E que só ele é capaz de penetrar em águas desconhecidas obedecendo a um instinto que é mais da mente que do corpo. E seria então assim, nesses momentos — ali no poço real, ou aqui, ou em outras situações, como a que vivemos juntos — em que eu aceitasse também esta razão radical e selvagem em mim, que eu mais me misturaria a todas as outras forças. É também essa a minha loucura: sou eu própria o ermo que devo povoar, pisando simultaneamente em duas cordas sobre o abismo.

O que não me impediu de desejar, várias vezes, que houvesse alguém comigo. Mas quem seria ele, a quem eu mostraria o meu esconderijo e não tentaria apossar-se dele e de mim, querendo partilhar mais do que o silêncio ou as palavras cruas, traçar projetos para o futuro, pensar a dois, falar e falar? Então só poderia ser alguém silencioso e estranho, como você naquela noite, ou como nos vi no alto daquele edifício em São Paulo, e não me importaria, pelo contrário, que me possuísse somente como um corpo — e eu estaria fazendo outro tanto com ele, com você — enquanto cada um continuaria preso ao próprio pensamento, veloz, complexo e rudimentar, bruto e sinuoso, trocando apenas frases como as que dizem as coisas: "venha por aqui", "olhe a pedra", "cuidado para não escorregar", "vamos embora, estou com fome", "tenho desejo, deite-se" — é esta a concepção que tenho do amor. E como estaríamos juntos, assim!

Noutras vezes, tive a sensação de que já havia a presença de alguém ali comigo, alguém que houvesse freqüentado aquele poço em tempos em que talvez ainda não existisse por aqui uma civilização, nenhum calendário para medir o tempo que não fosse a transformação no interior dos dias e das noites, ou das próprias pessoas. Alguém que encontrasse uma mulher como eu, nua e só, e nem falassem a mesma língua. E para ambos tudo seria novo: a explosão da queda-d'água naquele exato poço, os corpos um do outro e um sentimento para o qual não teriam nome. Alguém que, às vezes, tenho a sensação de ser eu mesma, não me importa se enquanto homem ou mulher, confluindo de tempos diferentes para um encontro.

Mas por que, mais uma vez, sendo assim tão primário o que busco, escrevo eu tanto? Talvez porque, para refazer esse percurso, reencontrar o lugar e tempo perdidos, seja preciso retraçar um rastro em palavras até o lugar em que se perderam, para que eu não precise mais dessas palavras e me cale, porque as disse. E refazer esse caminho é como atravessar a passagem nas águas cujo conhecimento só se dá na medida mesma em que se o faz. E posso até me perguntar: de onde vem esta voz com que aqui falo e escrevo, com esta minuciosa e irritante pompa que no entanto pode ser outra vez a antecâmara para uma expressão de outra ordem, primordial e como disse selvagem, que é também uma forma de simplesmente usar você como interlocutor, como se usa o corpo de outro, como usei o seu?

Escrevo agora não mais à prancheta e sim sentada na velha poltrona, com os meus pés, depois de descalçá-los das botinas, plantados sobre uma mesa baixa, de modo a poder apoiar em minhas pernas o atlas encadernado sobre o qual escrevo.

Escrevo — apesar do equipamento ao meu dispor — com esta caligrafia tão regular e bem desenhada e que, como a letra de qualquer pessoa, revela quem com ela escreve. No meu caso particular, denunciando este controle, esta capacidade de organizar meticulosamente os sentimentos e emoções mais extremos, como se eu temesse deixar escapar o mínimo que fosse, deles, que traduzem com precisão a contradição que sou e que aqui se concilia, igual numa obra em que convivessem o cálculo preciso e os desejos e medos mais obscuros, as fantasias.

Assim é que a janela aberta diante de mim me faz pensar, bobamente, que o céu estrelado que vejo, esta noite única e também ínfima no tempo geral — mas que se torna vasta e se destila lentamente em minha vigília — é a mesma noite que se estende sobre você, que vejo adormecido ao lado da sua mulher.

A janela aberta é também a entrada para o medo, os perigos, mais imaginários do que reais e que passam por mim como se necessitasse eu sempre de tê-los ao meu lado, como lhe disse, para me sentir viva. Mas já aconteceu, de verdade, entrarem aqui, quando trabalho, aranhas-caranguejeiras. Como não posso me dar ao luxo de ter fricotes, devo eu mesma matá-las. E aquele ser peludo, que tanto nos horroriza, como que se dissolve, sem deixar um corpo, quando o esmagamos. Então é assim: num instante é vida, mesmo enquanto horror; no instante seguinte é nada. E escrever sobre isso, aqui — as aranhas, a cobra, o gato —, vai formando antecipadamente para mim um sentido — que se formará também para você depois.

Agora, diante do estremecimento por essas lembranças, mudei de posição e chutei de leve o gato, propositalmente, para fazê-lo partilhar comigo esse medo. O egoísta lançou-me um olhar de espanto, levantou-se molemente, ao que parece aborrecido, e caminhou sem pressa até a janela, alcançando o parapeito de um pulo, para sumir na noite, Deus sabe para fazer o quê.

De um salto corri à janela e fechei-a, porque de repente tive a sensação de que poderia ser observada por olhos no meio da noite. E teria apagado a luz para me deitar na rede, não fosse esta necessidade, esta obstinação, de prosseguir com a carta.

Antes de retomá-la, acendi um último cigarro, para retornar a mim mesma e para livrar-me daquele início idiota de pânico. Enquanto fumava, sentindo voltar aos poucos a excitação clandestina de quem não o faz habitualmente, eu tornava também a você. Não que o houvesse afastado inteiramente, pois essas coisas que aqui se detalharam não impediram que a elas se superpusessem outras, e o tempo todo foi como se você me observasse, não lá de fora, mas aqui dentro, na verdade em mim, como "a outra" ou "o outro" no poço.

Escrevo agora mais aconchegada, encolhida, com uma coberta leve sobre o meu corpo, as pernas dobradas sobre o braço da poltrona. Ter cortado a visão da noite lá fora faz as coisas mais nítidas e concentradas, inclusive a visão dessa própria noite que se estende sobre mim e sobre vocês. Pois, curiosamente, não consigo isolá-lo de sua mulher. E chego a senti-los estremecer no sono, enquanto me esgueiro através da janela do apartamento que visualizo para vocês em São Paulo, imiscuindo-me debaixo dos lençóis, como os fantasmas do sonho, a sedução, o perigo, o medo, a aranha!

Cedo à tentação de dar à sua mulher um contorno, de vê-la como uma mulher madura, mas ainda jovem, que dorme agora nua sob os lençóis, dotada de uma beleza sem truques, desarmada, uma sensualidade que não seria percebida à superfície por estranhos, pois foi domada para você. Uma boa mulher, que o prende por laços sólidos, reais, que o ama calmamente, distraidamente, com a naturalidade do hábito, da intimidade, e talvez por isso você a tome como coisa certa, mas ao menor sinal de ameaça, de que pudesse não ser mais assim, você ficaria perdido, se desmancharia inteiro na aflição dos que só na perda se dão conta do seu apego.

Uma mulher que é tudo aquilo que não sou, e no entanto — ou portanto — nesta noite em que velo e pairo sobre vocês, para sentir o que vou sentindo em meu corpo, como que peço emprestado o corpo dela, ao qual me junto.

E enquanto a minha mão direita escreve, num ritmo e velocidade médios a que devo ajustar o meu pensamento, a mão esquerda me acaricia, me penetra, sob a camisola levantada até acima das coxas; a mão esquerda que, para os destros, é a mão que parece de outrem, a do amante. Este amante que agora está comigo e que tem de você a pele, o rosto, o corpo, que podem de repente tornar-se nebulosos, como se só importasse eu mesma, que, por minha vez, posso ver-me na pele de outra, aquela que imagino, desenho, ao seu lado. Ou, mais ainda, posso tornar-me nebulosa eu mesma, como se, além de me acariciar a mão esquerda, fosse também de outrem a mão que escreve, automática, quase dormente; que escreve por mim e constrói a mim mesma.

De qualquer modo há a presença do amante, aquele que ali no banco do carro não poderia cuidar da mulher com a calma e extensão necessárias, de modo que, tendo ela sentido o prazer que as mulheres sentem de ser possuídas, restou-lhe um ato por terminar; restou-lhe estar excitada durante todo este tempo, desde o carro. E agora o seu desejo se derrama sobre o forro da poltrona, e para que este desejo se incorpore ainda mais fortemente a esta carta, por um instante retira esta mulher, retiro eu, a mão esquerda do meu sexo, meus pêlos, para umedecer o papel em seu verso, para que a carta contenha mais do que estas palavras, esta letra; contenha o que sai de um corpo. E se por acaso recebê-la um dia, você irá sentir um vestígio desse corpo, de seu cheiro, que tanto poderá excitá-lo de um modo louco, como esse tipo de desejo que faz um homem ou mulher abandonar toda a sua segurança, o seu refúgio, para se lançar na aventura com o outro, a outra, como poderá fazê-lo sentir repugnância por esta doida, esta mulher-serpente, no entanto lânguida como o gato e que, como se fosse este gato, escapa na noite para lanhar o seu corpo, marcando-o.

Esta mulher que, tocando duas cordas, enquanto escreve se acaricia, ou talvez melhor, enquanto se acaricia, escreve — tornando maior o seu desatino —, fazendo, de todo modo, com que o homem esteja dentro dela e, sob o seu controle, ora se mexa vigorosamente, enchendo todos os seus espaços, ora se aquiete um pouco, enquanto ela trabalha devagar com ambas as mãos e seus dedos.

Porque, se por acaso gozasse agora — ou houvesse gozado naquela noite dentro do carro, ou na seguinte, ou nesta noite, quando o pensamento dela começou a se fixar em você —, não haveria esta carta ou se interromperia ela neste instante, com um gemido, um estremecimento e depois o vazio.

Mas não. É preciso que corpo e letra sigam juntos, entrelaçados até o último momento. É possível, até, que esta mulher, este ser solitário e talvez insaciável, tenha a sede e ambição de que o seu gozo venha da própria carta, de que sejam sua letra e palavra que a conduzam — e quem sabe a quem a ler? — a um gozo que só se desencadeie em sua última linha. Ou talvez a ambição de que nunca se alcance esse prazer terminal (palavra com exatidão escolhida) e sim permaneça suspenso e aceso na carta o desejo que se derrama por suas folhas.

E o que verdadeiramente importaria, então, não seria o destinatário, nem mesmo a autora, mas a construção utópica, o gozo do corpo na razão, a carta em sua autonomia.

Há pouco cantou o primeiro galo, como se a advertir-me dos limites da noite e de que eu, como Cinderela, devo deixar em breve o castelo, antes que se desfaça em trapos o meu traje de baile, estampado com arabescos.

Este vestido, esta carta, em cuja costura se quer aprisionar, como nos sulcos de um disco, a sinfonia dos grilos, o piar tímido e atormentado dos pássaros no ninho, sapos soturnos fazendo ressoar o ventre prenhe de oco, o sibilar da serpente enrodilhada em si mesma.

Esta carta, esta grafia, que por vezes luziu nos candelabros de um palácio íntimo e ora bruxuleia como a chama de uma vela em seu toco, que não poderá consumir-se para além da extensão de uma noite. Este caleidoscópio de úmidas pétalas noturnas, que se fecharão ao menor aviso do sol, quando eu talvez não possa deter a contorção do que, talvez mal, se chama de gozo, o rosto como máscara esgazeada que prenunciará o retorno do corpo à sua casa modesta, austera e cotidiana.

Antes que isso aconteça, encerrarei a carta hermeticamente no envelope, no verso do qual assinarei apenas Beatriz. E ao deitar-me completamente exaurida, rendendo-me, por fim, sem condições, ao que me exigir o corpo, haverá um momento em que ainda sentirei em mim a carta que mal saiu de minhas entranhas.

Mas logo já estarei antecipando-a na mala postal, no depósito do correio e depois a caminho, e só consigo pensar para ela o correio aéreo, o vôo noturno, quando a carta terá se desprendido do solo.

Então haverá esse tempo em que ela já terá deixado quem a remeteu, mas ainda não terá alcançado o seu destino. Uma carta que existirá autônoma em sua letra e melodia, para nenhum olhar e ouvido. E ali estará ela no breu fechado de toda correspondência em trânsito; cartas prosaicas, de obrigações mundanas ou comerciais; jornais, revistas, o livro do principiante que implora um leitor; cartas de quem sente o prazer de escrever e receber cartas, este gênero anacrônico que, para se completar, exige um tempo, um espaço, uma expectativa, tornando as distâncias reais; cartas que circulam entre o deserto das pessoas, sua floresta, os arranha-céus.

Cartas algumas em que se pode rastrear o suor, o sangue, a palpitação de quem as escreveu; cartas ansiosamente aguardadas, quase todas pedindo resposta, cartas de amor sentidas e singelas, com a letra tremida, erros de ortografia; outras que fazem nascer dos caprichos da própria palavra o artifício e a ilusão desse amor.

Cartas que estão ali como que pulsando, a provar a latência das coisas secretas, dos objetos guardados, como a meia de seda da amante, caída atrás da gaveta do armário do amante que ainda não a achou, mas a conter um erotismo e uma sensualidade em si mesma, independente de que uma mulher volte a usá-la e um homem a veja em seu corpo. Esta carta.

Nenhuma outra como ela que encontra sua razão de existir em seu próprio trânsito, no momento de estar ali encerrada quando ninguém a lê, mapa de mim mesma, carta talvez escrita para ninguém, como a cachoeira oculta na mata que verte em seu próprio poço, quem quer que seja esta que aqui diz "eu" — eis o sentido dela que eu disse se formaria depois para você, quem quer que seja também este a quem nomeio Carlos ou "você".

Esta carta então apócrifa, egoísta, orgulhosa, que se quer uma essência das cartas, utópica e abstrata como uma melodia vermelha, entoada por uma mulher que talvez nem seja engenheira, talvez a louca em trajes fétidos no pátio do asilo e que se chama Jussara, mas assina Beatriz como quem se veste de princesa para um amante inventado; que inventa ainda uma cachoeira, uma casa, uma cidade e até seu prefeito; esta louca que talvez nem seja mulher, mas um homem solitário em seu quarto acanhado e que constrói para si uma amante louca em nome de quem remete a si mesmo ou ao léu uma carta que tenha a duração escrita de uma noite.

Mas quem quer que seja a violá-la encontrará aqui a aranha peluda que é horror e fascínio; a serpente em sua toca no momento do bote; o instante do gato em seu pulo.

Seja ou não violada esta carta, estará aqui esta mulher abrindo as pernas para o amante, fazendo com que este diga que mete o pau em sua boceta, esta pornografia como uma construção assinada também pelo corpo, pelo sexo oferecido com o seu exótico e fugaz perfume capturado no limiar exato da exasperação do desejo.

Beatriz

O MONSTRO

Flagrante, 2 de junho de 1993

O *monstro*

Em sessão do 2º Tribunal do Júri, em 4 de março passado, no Rio de Janeiro, o professor universitário Antenor Lott Marçal, de 45 anos, após ter sua culpa reconhecida unanimemente pelos jurados, foi condenado pelo juiz Irailton Catanhede à pena de trinta anos de reclusão, pelo estupro e co-autoria do assassinato de Frederica Stucker, de vinte anos, no dia 18 de julho de 1992, em crimes que chocaram a opinião pública no país, entre outras coisas porque a jovem e bela Frederica sofria de grave deficiência visual e, ainda drogada por seus algozes, teve reduzidas a zero suas chances de defender-se.

Nesta história macabra houve uma outra personagem não menos principal: Marieta de Castro, de 34 anos, amante de Antenor, que atraiu Frederica para aquela cilada fatal em seu apartamento, depois de conhecê-la enquanto caminhava pela margem da Lagoa Rodrigo de Freitas, na Zona Sul do Rio. Marieta não pôde ser presa e condenada como o seu cúmplice, porque suicidou-se com um tiro no coração, na tarde de 30 de julho de 1992, no banheiro da firma onde trabalhava como operadora do mercado de commodities, logo depois de Antenor tê-la avisado, pelo telefone, que se apresentaria à polícia.

No decorrer de todo o processo, até o seu desfecho, a extrema lucidez e articulação verbal com que Antenor narrou os fatos e assumiu suas responsabilidades dentro deles surpreenderam dos policiais e juízes que o interrogaram a todos os que estiveram presentes ao julgamento.

Quando inúmeras outras ocorrências não menos brutais têm mantido em permanente estado de choque a opinião pública, *Flagrante*, antes do que procurar reviver os detalhes de um caso que foi exaustivamente tratado pela imprensa, sem que faltasse alta dose de sensacionalismo, considerou oportuno ouvir Antenor, pela certeza de contribuir para uma reflexão sobre os mecanismos existenciais e psicológicos que estão presentes na prática de crimes hediondos como este, para os quais não pode ser encontrada nenhuma explicação de origem econômica e social.

O resultado dos encontros do repórter Alfredo Novalis, de *Flagrante*, com Antenor, numa sala da administração da Penitenciária Lemos de Brito, no Rio, autorizados pelo juiz Olavo Bittencourt, da Vara de Execuções Penais, surpreendeu até o jornalista habituado a conviver profissionalmente com os mais diferentes tipos de caráter humano, e acabou por se tornar uma outra peça de investigação sobre o caso Frederica Stucker. Daí o espaço incomum que se reserva a esta entrevista, nas *Páginas Especiais de Flagrante*, desdobrada em duas partes — a segunda, a ser publicada na próxima semana — correspondendo às duas conversas que o repórter manteve com Antenor, espaçadas por cinco dias.

O pouco de edição que foi feito na matéria obedeceu a critérios de melhor ordenamento da mesma e obteve a concordância do entrevistado, que introduziu algumas alterações no texto final, revelando sobretudo preocupações de ordem sintática e de clareza, para depois colocar sua assinatura em todas as folhas originais.

FLAGRANTE: *As pessoas que o conhecem ficaram muito surpresas com a sua confissão de estupro e participação no assassinato da jovem Frederica Stucker. Como o senhor mesmo explicaria que um homem considerado por todos como tímido, austero e, segundo alguns, até obscuro, de repente se veja cometendo crimes dessa natureza?*

ANTENOR: É necessária muita cautela para se chegar a alguma verdade quando se trata de atos humanos. Não acredito em causas isoladas ou muito precisas. Mas eu, mais do que todos, estou interessado, a respeito desse caso todo, em chegar a uma verdade pelo menos relativa. Essa é uma das razões por que concordei em ser entrevistado. Às vezes me parece que certos atos ultrapassam de muito qualquer possibilidade de análise. Isso pode valer principalmente para uma personalidade como a de Marieta. E posso dizer que sem o meu relacionamento com Marieta nada de semelhante ao que aconteceu comigo jamais teria acontecido.

FLAGRANTE: *O senhor sugere que foi Marieta quem o induziu aos crimes?*

ANTENOR: Não desejo fornecer nenhuma desculpa para os meus atos, não pretendo defender-me, como aliás se viu durante o julgamento. Mas observando a minha vida da perspectiva que posso ter agora, o meu destino que considero como cumprido, vejo que a escolha por mim de uma mulher como Marieta, com todos os aspectos visíveis ou ocultos que uma escolha de tal natureza implica, já carregava consigo as possibilidades de um desfecho como esse, embora não necessariamente esse.

FLAGRANTE: *O senhor poderia ser mais claro?*

ANTENOR: Desde a primeira vez em que vi Marieta, sua presença parecia emitir ondas provindas de uma fonte muito poderosa de energia, assustadora inclusive por seu fascínio. Em nosso relacionamento eu vivia um estado de tensão permanente, às vezes de medo, uma sensação de perigo, de estar vivendo à beira de algum acontecimento dramático, ligado à morte. Mas quando eu pensava em morte, era na morte de um de nós dois, ou de ambos, não de uma terceira pessoa.

FLAGRANTE: *O senhor quer dizer com isso que um poderia matar o outro?*

ANTENOR: Não exatamente, embora o ódio também existisse latente, como sempre acontece em relações desse tipo. Mas a hipótese de ser morto por Marieta só me ocorreu depois que a tragédia de Frederica se consumou. Antes eu tinha apenas a intuição de que algum acontecimento trágico, talvez vindo de fora, como um acidente ou agressão mortal, poderia nos suceder, principalmente com Marieta, por sua superexposição à vida.

FLAGRANTE: *Vocês usavam drogas com muita freqüência?*
ANTENOR: Marieta usava cocaína. Eu, raras vezes, porque não me fazia bem. Na verdade eu não gostava. Sempre achei os consumidores de cocaína tolos cheios de presunção.

FLAGRANTE: *Incluindo Marieta?*
ANTENOR: Eu estava totalmente envolvido com Marieta. Aceitava tudo nela. Mas realçar a questão das drogas num crime como esse, como fez a imprensa, é reduzi-lo a causas e efeitos elementares, ao gosto de um moralismo simplista. É fugir de um poder de discernimento do qual é preciso não se afastar no presente caso.

FLAGRANTE: *Mas foi consumida cocaína naquela noite.*
ANTENOR: No decorrer do processo, já expliquei que Marieta só se valeu do pó a partir de determinado momento. E aplicou-o em Frederica quando ela já não estava consciente. Para aquilo que nos mobilizava, a princípio, a cocaína teria sido prejudicial, assustaria a moça.

FLAGRANTE: *O barbitúrico e o éter, ministrados a Frederica, serviam aos objetivos que mobilizavam vocês?*
ANTENOR: Perfeitamente. Por mais doloroso que seja para mim reconhecê-lo.

FLAGRANTE: *Como se explica que uma jovem como Frederica, tida por todos como alegre, inteligente, saudável e que amava a vida, apesar de sua deficiência, tenha aceitado o convite para ir à casa de uma mulher como Marieta, que ela acabara de conhecer numa caminhada?*

ANTENOR: Quem se surpreende com isso não conheceu o poder de sedução de Marieta, que também era inteligente, bonita, alegre, ao seu modo. E se não se pode dizer que era saudável ou que amava a vida, a não ser de uma forma que se definiria como perversa, ela podia encarnar admiravelmente aquele papel. É preciso atentar também para uma certa atração de opostos. E a própria Marieta, que possuía um poder de percepção instantâneo e muito agudo das outras pessoas, deve ter se sentido imediatamente seduzida por Frederica ao vê-la caminhar com sua bravura um tanto patética, a par de toda sua beleza, pela margem da Lagoa. Não sei o que as duas conversaram a partir do momento em que Marieta abordou Frederica, a não ser pelo que Marieta me contou. Mas o convite para que a moça fosse até sua casa deve ter brotado num impulso. Marieta ainda não devia saber o que queria da moça, exatamente. A partir daí as coisas foram acontecendo.

FLAGRANTE: *Frederica avisou ao pai, de um telefone público, para não buscá-la no local combinado, na Lagoa, pois encontrara uma amiga, iria à casa dela, que depois a levaria para sua própria casa. Também pediu que avisasse ao namorado que não a esperasse, porque poderia demorar. Marieta, conforme disse ao senhor, ouviu a conversa e constatou que Frederica não revelara o nome e endereço dessa amiga. Se houvesse feito isso, os acontecimentos provavelmente seriam outros, não é verdade?*

ANTENOR: Sim, sem dúvida, embora Marieta não fosse desistir facilmente de Frederica. Mas toda a sua aproximação teria de ser outra e é pena que isso não tenha acontecido. Este foi um ponto em que o acaso tornou-se um fator preponderante e fatídico.

FLAGRANTE: *Por que, no entender do senhor, a moça não revelou ao pai o nome de Marieta?*

ANTENOR: Talvez ela só soubesse o primeiro nome de Marieta; talvez ainda nem isso. Depois, segundo o que Marieta me contou, Frederica lhe disse, naquele momento, que o pai e o namorado queriam controlá-la demais. Ela queria levar uma vida a mais normal possível, o que o próprio fato de exercitar-se sozinha em volta da Lagoa confirma.

FLAGRANTE: *O senhor não admite a possibilidade de que Frederica tivesse tendências homossexuais, como tentou insinuar o seu defensor?*
ANTENOR: Não, de modo algum. Eu mesmo me desincumbi de desacreditar essa insinuação da defesa. Uma defesa que aliás eu não queria, ainda mais vinda de um cretino como aquele. Mas a lei exigia e o juiz o nomeou. Não gosto de advogados. Eles vivem de mistificar os fatos e as palavras.

FLAGRANTE: *O fato de Frederica portar aquela deficiência visual grave terá sido determinante para que Marieta se sentisse atraída por ela?*
ANTENOR: Com toda certeza.

FLAGRANTE: *Marieta era homossexual?*
ANTENOR: A rigor, não. O objeto dos seus desejos era em geral um homem ou mais de um. Porém uma mulher que possuísse determinadas características marcantes de personalidade ou mesmo físicas, que se constituíssem num desafio ou enigma para Marieta, como era o caso de Frederica, essa mulher podia também constituir-se para ela em alvo de intenso desejo, que nem de longe deve ser reduzido ao sexual. Inclusive porque o sexo, como é sabido, pode ser instrumento de um desejo ainda maior, de poder. O certo é que Marieta podia enamorar-se de uma forma terrível, destruidora.

FLAGRANTE: *No entanto, como o senhor mesmo disse, Marieta era uma mulher bonita, inteligente, fascinante. Por que tanta insatisfação?*

ANTENOR: Eu não me sinto autorizado a falar com toda a segurança de causas psíquicas profundas. Mas posso dizer que Marieta queria tudo. Queria ser, verdadeiramente, as pessoas que a interessavam e atraíam. A diferença, aquilo que Marieta não possuía ou atribuía a outrem, a exasperava.

FLAGRANTE: *Comentou-se, através da imprensa, um caso que Marieta teria mantido com uma cantora muito famosa. O senhor se incomodaria de falar um pouco sobre isso?*
ANTENOR: Não vou alimentar com pormenores o sensacionalismo de uma imprensa que considero bastante suja. Mas, falando genericamente, o talento e a graça, muito mais do que a fama, eram qualidades que podiam espicaçar a curiosidade e cupidez de Marieta, o seu desejo de apossar-se da mulher detentora de tais atributos, roubá-la deles, pode-se dizer, para logo se descartar sem piedade dessa pessoa, uma vez tendo-a desmistificado, tornando-a, pela convivência, um ser comum. O que aliás ela fazia também com homens. No caso de Frederica, que podia ser considerada, em princípio, como uma jovem comum e normal, com todo o seu problema, Marieta talvez fosse encontrar dificuldades bem maiores para livrar-se da prisão ao fascínio pelos atributos da outra, conseguindo ou não seduzi-la.

FLAGRANTE: *O senhor poderia definir um pouco melhor tais atributos?*
ANTENOR: Além do que já disse, simplicidade, pureza, uma alegria intensa por estar viva. Ao contrário de Marieta — que precisava o tempo todo do "outro" para sentir-se viva —, Frederica possuía luz própria, um brilho autônomo, independente do reconhecimento externo.

FLAGRANTE: *O pouco tempo em que pôde estar perto da moça foi suficiente para o senhor chegar a essa avaliação?*
ANTENOR: Foi.

FLAGRANTE: *Não seriam tais atributos uma razão ainda maior para querer Frederica viva?*

ANTENOR: É claro que sim (*os olhos de Antenor se umedecem*)! Mas os sentimentos humanos, como se constata, escapam às vezes de forma horrível do controle de qualquer razão. E pode acontecer que o amor, o desejo, a atração por uma pessoa, nos atinjam de tal modo que tentamos destruir esses sentimentos em nós. Talvez Marieta tenha percebido que o único modo de dominar Frederica, apossar-se dela e não o contrário, seria aviltando-a para igualá-la, ou destruindo-a. Ela também deve ter percebido a impressão fortíssima que a jovem causou em mim.

FLAGRANTE: *Ela terá sentido ciúmes, então?*
ANTENOR: Sim, se se quiser reduzir as coisas a esse nome.

FLAGRANTE: *Marieta o amava?*
ANTENOR: Nunca tive essa presunção. Creio, mesmo, que ela era incapaz de sentir afeição a esse grau por alguém.

FLAGRANTE: *Mas ela manteve uma ligação mais duradoura com o senhor.*
ANTENOR: Penso que o que a ligava a mim, principalmente, um homem obscuro, como você mencionou (*Antenor ensaia um sorriso*), era a minha capacidade não digo de compreendê-la integralmente, mas de aceitá-la sem restrições, com todos os seus desejos e caprichos. A minha devoção silenciosa por ela. E, por estranho que possa parecer, havia a filosofia. Marieta nunca fizera um curso superior e eu era o professor de filosofia. Ao mesmo tempo, se comparado a ela, era um homem tímido, inexperiente, ao qual ela sentia prazer de ensinar, chocar. O fato de ter-me como testemunha a excitava visivelmente.

FLAGRANTE: *Marieta se interessava por filosofia?*
ANTENOR: Não, absolutamente. Ela jamais conseguiria concentrar-se nisso. Mas era como se quisesse exibir a sua imprevisibilidade, a imprevisibilidade humana, e até a sua irracionalidade selvagem, a alguém que, supostamente, devia considerar a vida como passível de ser pensada, reunida em idéias.

FLAGRANTE: *O senhor considera a vida como passível de tais coisas?*
ANTENOR: Você deve estar brincando. Quando conheci Marieta, já me tornara cético em relação à filosofia. Mas a minha formação era essa e eu fizera dela o meu ganha-pão. Se algum interesse podiam ter minhas aulas, para quem conseguisse atravessar minha dificuldade de falar diante de uma classe, era justamente o de expor a fragilidade do pensamento puro como forma de conhecimento. E a convivência com Marieta veio a me propiciar a oportunidade de desintoxicar-me do intelectualismo, da universidade, para mergulhar profundamente na experiência dos sentidos todos.

FLAGRANTE: *O senhor amava Marieta?*
ANTENOR: Apaixonadamente. Obsessivamente. Eu me sentia como uma espécie de escravo seu e não me rebelava contra isso.

FLAGRANTE: *O senhor diria que as relações sexuais entre vocês eram normais?*
ANTENOR: O que é normal em sexo? Os casais não saem por aí apregoando suas práticas sexuais. Se isso acontecesse, o conceito de normalidade teria de ser muito, muito, esticado.

FLAGRANTE: *Nas relações entre vocês entravam freqüentemente outros parceiros?*
ANTENOR: Marieta me bastava, mas ela mantinha intermitentemente outros relacionamentos e não os escondia de mim. Podia até se comprazer em revelar-me certos detalhes e eu agüentava firme. Eventualmente, houve a presença de uma ou outra pessoa entre nós, mas não era um hábito. Eu não me sentia muito à vontade, mas certamente tirava um prazer um tanto doloroso de observar até onde ela podia ir, ou até onde eu era capaz de vê-la ir ou ir junto com ela.

FLAGRANTE: *Isso aconteceu tanto com homens quanto com mulheres?*

ANTENOR: Quando aconteceu com um homem, eu me comportei como espectador. E Marieta entendeu que aí estava um limite meu e passou a respeitá-lo.

FLAGRANTE: *Vocês não se preocupavam com a Aids?*
ANTENOR: Precauções eram tomadas, embora as coisas pudessem escapar do controle e eu não partilhasse de todas as experiências que Marieta vivia. Não pretendo fornecer detalhes maiores do que esses da nossa vida íntima. Permito-me apenas dizer que eu e Marieta vivemos de forma extremada as fantasias e práticas que o sexo permite. Mas talvez o entendimento da minha relação com ela deva ser procurado numa outra dimensão que eu chamaria de espiritual.

FLAGRANTE: *Como assim?*
ANTENOR: Eu tinha o tempo todo a sensação de que buscávamos algo que, passando exacerbadamente pelo sexo, só poderia ser alcançado ultrapassando-o, transcendendo os limites da experiência física.

FLAGRANTE: *Com Frederica vocês estariam buscando esse tipo de transcendência?*
ANTENOR: Entenda bem que não se trata de uma justificativa, mas eu diria que sim, embora não de uma forma premeditada para que conduzisse ao fim que a moça teve. Mas sem dúvida Frederica despertou em nós algo muito além do desejo físico. Ou posso dizer que, por todos os seus atributos, despertou em nós um desejo de possuí-la toda.

FLAGRANTE: *Quanto ao que se passou naquele sábado entre vocês três, suponho que, pelo próprio objeto desta entrevista, o senhor compreenderá a insistência em conhecer maiores detalhes, ainda que íntimos.*
ANTENOR: Sim, eu compreendo.

FLAGRANTE: *O que se passou, então, naquele sábado?*

ANTENOR: Bem, eu tinha um encontro marcado com Marieta, em sua casa, para as cinco horas. Cheguei de táxi, pontualmente e, como Marieta não atendesse à campainha, usei a chave que ela deixava comigo para eventualidades como esta. Marieta não tinha empregada fixa, para manter sua privacidade. Sobre a mesa havia um bilhete dela avisando que fora caminhar pela Lagoa mas que não demoraria a chegar. Então preparei uma bebida para mim e sentei-me para ouvir música.

FLAGRANTE: *Morando na Gávea, Marieta ia andar na Lagoa habitualmente?*
ANTENOR: Algumas raras vezes, nos fins de semana. Nesse, fazia um tempo muito bom para essa época do ano.

FLAGRANTE: *O senhor admite a hipótese de que ela já estivesse à procura de companhia?*
ANTENOR: Não, Marieta gostava de exercitar-se num local bonito onde havia gente, em geral o Jardim Botânico. Ela jamais poderia imaginar que encontraria na Lagoa alguém como Frederica, que lhe interessasse tanto e tornasse propícia uma aproximação.

FLAGRANTE: *Então o senhor ficou surpreso de que ela trouxesse companhia?*
ANTENOR: Quando ouvi as vozes que vinham da entrada dos fundos, fiquei não só surpreso como irritado, pois pensava em ficar a sós com Marieta. Mas quando vi entrar aquela jovem tão bonita e cheia de frescor, em sua roupa esportiva, senti-me desarmado. E, pelo simples modo dela tentar fixar os olhos de perto no meu rosto, apertar demoradamente a minha mão, como se quisesse conhecer-me com esse gesto, percebi que se tratava de alguém com algum problema de visão. Marieta estava radiante e usava todo o seu charme. Apresentou-me como o seu namorado e disse que Frederica era sua mais nova grande amiga. E foi só quando Frederica deu os seus primeiros passos na sala que percebi a extensão da sua deficiência. Frederica

me pediu um copo com água, fui buscá-lo na cozinha e, depois que o entreguei à moça, Marieta abraçou-me de uma forma muito mais carinhosa do que habitualmente e perguntou-me se eu não podia providenciar vinho e salgadinhos, enquanto elas iriam tomar banho. Frederica mostrava-se à vontade e disse que preferiria uma coca-cola.

FLAGRANTE: *A que se pode atribuir a demonstração inusitada de carinho de Marieta com o senhor?*
ANTENOR: Bem, acho que ela queria dar à moça a impressão de um casal feliz, normal.

FLAGRANTE: *Nesse momento já teria alguma coisa premeditada?*
ANTENOR: Acho que ela estava apenas tateando, improvisando. Estava visivelmente encantada pela moça e queria desfrutar da sua companhia o maior tempo possível, conquistando sua confiança.

FLAGRANTE: *E como o senhor se comportava?*
ANTENOR: Eu cumpria a minha parte, comportando-me de forma discreta. Também me encantara com Frederica, percebia o jogo de Marieta e fiquei excitado quando vi as duas subirem para o segundo andar, onde havia o quarto com o banheiro de Marieta. Imaginei que pudessem entrar juntas para o banho, mas não via como pudesse acontecer mais do que um acompanhamento lá dentro.

FLAGRANTE: *O senhor disse que não notou qualquer sinal de homossexualidade em Frederica. Não acha contraditório que ela tenha não apenas aceitado tomar banho em casa de alguém que mal conhecia, como permitido que essa "nova grande amiga" compartilhasse o banheiro com ela?*
ANTENOR: Veja bem que se tratava de uma jovem que pouco enxergava, dentro de uma casa e um banheiro de razoáveis dimensões, desconhecidos para ela. Possivelmente Frederica

acabaria por se sair bem sozinha, depois que Marieta lhe desse uma toalha, mostrasse o funcionamento do aquecedor etc. Porém o mais importante, no que quero dizer, é que não haveria nada de muito estranho, para ela, no fato de Marieta querer ajudá-la. E também acho perfeitamente aceitável que Frederica tenha consentido com essa ajuda até por gentileza. O que acontece, mais uma vez, é que se tenta fazer a vítima partilhar da culpa dos assassinos, com o que não posso concordar. E ainda que Frederica tivesse tendências homossexuais, veladas ou explícitas, não poderia ter tido o tratamento que teve.

FLAGRANTE: *O senhor tem toda razão. Mas houve quem visse na atitude do senhor, durante as diversas fases do processo, uma ânsia de zelar pelo nome de Frederica e assumir uma culpa sem qualquer atenuante, ainda que de ordem emocional. Procuramos apenas esclarecer isso.*
ANTENOR: Então está esclarecido.

FLAGRANTE: *O que o deixava excitado diante da possibilidade de Marieta e Frederica partilharem o banheiro?*
ANTENOR: Por se tratar Frederica de uma jovem muito bonita, desprotegida, eu diria até inocente. E ainda que assim não fosse, como por alguns momentos cheguei a admitir, a simples aparência disso tornava as coisas muito excitantes.

FLAGRANTE: *O fato dela não ser muito diferente de uma cega também influía nisso?*
ANTENOR: Sim.

FLAGRANTE: *Foi o que o levou a espionar as duas, como já revelou em outras ocasiões?*
ANTENOR: Sem dúvida. Se se tratasse de alguma mulher experiente, que houvesse vindo ali em busca de certo gênero de emoções, eu não teria me interessado, mesmo Marieta tendo deixado aberta a porta do banheiro.

FLAGRANTE: *Marieta terá feito isso intencionalmente?*
ANTENOR: É possível que sim, pois correspondia bem ao seu estilo proporcionar uma oportunidade erótica como se houvesse ocorrido por casualidade. O tempo todo ela parecia estar muito orgulhosa da possível conquista de uma moça tão invulgar e talvez quisesse exibi-la a mim, espicaçar-me.

FLAGRANTE: *Frederica não mostrou nenhum pudor de a porta estar aberta havendo um homem na casa?*
ANTENOR: Supostamente eu estaria o tempo todo lá embaixo, ouvindo música, providenciando as bebidas e salgadinhos. Para que pudesse vê-las, tive de esgueirar-me silenciosamente pela escada e depois por um corredor. O quarto de Marieta ficava no final deste.

FLAGRANTE: *Não teve receio de ser surpreendido?*
ANTENOR: Começava a anoitecer, o corredor tinha sua luz apagada, um disco continuava a tocar na sala e eu permanecia colado à parede. Frederica parecia confiar totalmente em Marieta e, quanto a esta, talvez desejasse ser espionada, principalmente fingindo que não se sabia espionada. Como já disse, era um requinte típico de Marieta.

FLAGRANTE: *E o que estava se passando no interior do banheiro?*
ANTENOR: Aparentemente nada demais. Quando me coloquei numa posição em que podia observá-las, escondido, Frederica já estava debaixo do chuveiro e era apenas um vulto atrás da cortina. Marieta sentara-se num banco e pude ouvir o que conversavam, pois elas elevavam a voz por causa do barulho do aquecedor e da água caindo. Falavam de coisas banais, como das vantagens da água fria para o corpo e a respiração. Houve um momento em que Marieta perguntou a Frederica se ela precisava de alguma ajuda e Frederica disse que não. Marieta não forçou a situação. Percebi que queria mostrar-se desinteressada, a mulher amiga. Devia alimentar alguma esperança de

despertar a curiosidade e o desejo da outra, mas isso devia ser feito muito sutilmente. Quando Frederica saiu do banho, Marieta a esperava de pé, segurando uma toalha; envolveu a moça com ela e pôs-se a enxugá-la carinhosamente, como se faz com as crianças.

FLAGRANTE: *Como Frederica reagiu a esse gesto?*
ANTENOR: Entregou-se com naturalidade a ele.

FLAGRANTE: *Marieta estava nua?*
ANTENOR: Não, estava de calcinha e blusa. Depois de enxugar Frederica, ofereceu-lhe um secador de cabelos, ligou-o na tomada, e foi só então que se despiu para entrar no banho. Uma parte da cortina permaneceu aberta e pude ver, de onde me encontrava, que Marieta observava Frederica com deslumbramento.

FLAGRANTE: *E como o senhor se sentia observando a moça?*
ANTENOR: Além de muito excitado, eu me sentia comovido. Pois Frederica, completamente nua, não se olhava no espelho para secar os cabelos, como faria uma mulher com a visão normal. Ali de pé, no centro do banheiro, de frente para mim, era como se ela ocupasse um espaço próprio e olhasse para dentro de si mesma, séria, compenetrada, sem qualquer afetação ou consciência da sua beleza, de que pudesse estar sendo objeto do amor e cobiça de outros olhares.

FLAGRANTE: *É sabido que os cegos, ou mesmo os quase cegos, possuem os outros sentidos muito aguçados. Não lhe ocorreu, ainda que não naquele momento, que Frederica possa ter pressentido a presença e olhar do senhor, sem reagir a isso?*
ANTENOR: Não... É claro que não... Não pode ser. Qualquer dúvida nesse sentido lançaria uma nova luz sobre os acontecimentos, não menos terrível, ou ainda mais terrível.

FLAGRANTE: *Por que seria assim?*

ANTENOR: Porque isso significaria que talvez pudéssemos conquistar Frederica de algum modo, sem empurrarmos as coisas para o rumo que elas tomaram. Não. Não devemos fazer conjeturas sem um fundamento muito claro.

FLAGRANTE: *Está certo. Mas o senhor diz que, nesse caso, haveria uma possibilidade de vocês conquistarem Frederica. Usa o plural. No entanto, deixou claro toda a sua comoção diante da beleza inocente da moça. O seu amor por ela, pode-se dizer. Em nenhum momento pensou em disputá-la com Marieta, protegê-la dela, quem sabe conquistá-la só para si?*

ANTENOR: Eu sabia o tempo todo que era Marieta quem me proporcionava a oportunidade de viver aquela experiência e, no fundo, esperava que ela me propiciasse ainda mais emoções naquela noite, não importava que armadilhas usasse para alcançar os seus objetivos. Pensamentos de que eu poderia ter protegido Frederica de Marieta — e portanto de mim mesmo — só me passaram pela cabeça bem depois que tudo aconteceu. Naquele momento eu não estava de posse da minha razão.

FLAGRANTE: *Isso não contradiz o que disse antes e se colocaria como uma espécie de desculpa para os seus atos?*

ANTENOR: Não, de maneira alguma. Apenas quero dizer que o meu desejo por Frederica já se sobrepunha a qualquer outro sentimento ou razão de ordem moral.

FLAGRANTE: *De quem foi a idéia de dissolver um comprimido no refrigerante servido a Frederica?*

ANTENOR: Pode-se dizer que foi tanto minha como de Marieta. Tão logo Marieta desligou a água do chuveiro, desci rapidamente. Quando as duas desceram, eu deixava sobre uma mesinha na sala os pratos com salgadinhos e percebi que Frederica usava uma camisa de flanela de Marieta. Retornei à cozinha, onde Marieta veio ter comigo. Como se estivesse interessado em estarmos logo a sós, perguntei-lhe se a moça iria ficar por muito tempo. Ela me respondeu, sorrindo maliciosamente, que talvez Frederica se decidisse até a dormir ali, pois estava fugindo do bolha do namorado. Explicou-me, baixinho, o que Frederica dissera ao pai no telefonema e algumas coisas que elas haviam conversado depois. A verdade é que estávamos acostumados a adivinhar os pensamentos um do outro e fiz um sinal interrogativo em direção ao armário onde se guardavam remédios, e Marieta, sempre sorrindo, respondeu-me com outro sinal, aprovativo. Depois me disse que usasse apenas um comprimido, porque de repente Frederica poderia querer ir embora.

FLAGRANTE: *Como se soube, o senhor dissolveu um comprimido de Valium, de cinco miligramas, no refrigerante para Frederica. Já havia aí, claramente, uma premeditação. O que vocês esperavam da aplicação da droga?*
ANTENOR: Que a moça amolecesse, se abandonasse. E, como já foi dito, que talvez se dispusesse a dormir ali, propiciando uma intimidade maior entre nós três. É certo que eu gostaria de tê-la, mas não sabia se isso se tornaria possível. Também não imaginávamos que ela fosse beber álcool. A idéia de forçá-la sexualmente não me passava pela cabeça. Aliás, de certa forma, não me passou em momento algum, nem mesmo quando eu o estava fazendo.

FLAGRANTE: *Vocês já haviam aplicado soníferos em alguma outra pessoa? Alguma outra mulher?*
ANTENOR: Quando eu estava presente, duas vezes, que eu soubesse. Mas aconteceu com mulheres que apenas hesitavam em passar a noite ali. E que depois não se queixaram de haver passado.

FLAGRANTE: *Os comprimidos, então, eram para uso de vocês?*
ANTENOR: Principalmente de Marieta, que muitas vezes tinha dificuldade em dormir.

FLAGRANTE: *Por causa da cocaína?*

ANTENOR: Isso não vem ao caso.

FLAGRANTE: *Naquela noite veio ao caso. Como chegaram a usá-la?*

ANTENOR: Eu chego lá. Nós estávamos na sala, bebendo, ouvindo música, conversando. Eu permaneci no uísque, que já vinha tomando, Marieta bebia vinho e Frederica começou com o refrigerante. Marieta, com uma benevolência amistosamente irônica, exibia-me a Frederica como um intelectual, um filósofo, e a moça demonstrava uma admiração ingênua, ou talvez apenas educada. Fez-me algumas perguntas a respeito do assunto e eu não quis decepcioná-la. Ela disse que invejava um casal assim como nós. Explicou que o namorado era analista de sistemas e não se interessava por essas coisas que nós conversávamos. Em determinado momento, manifestou vontade de experimentar um pouco de vinho e o fez bebendo do copo de Marieta. Depois pediu um copo só para si, e Marieta e eu nos entreolhamos, por causa da mistura com o remédio. Evidentemente, eu não podia falar sobre isso e servi o vinho a Frederica.

FLAGRANTE: *Vocês dançaram, não é verdade?*

ANTENOR: Sim. Marieta aproximou-se da poltrona onde Frederica estava sentada e puxou a moça pelas mãos. Quando se puseram a dançar, percebia-se que Frederica o fazia muito bem. Devia fazê-lo habitualmente. Era muito bonito ver as duas dançando.

FLAGRANTE: *Alguém estava bêbado?*

ANTENOR: Marieta era uma pessoa habituada ao álcool. O que bebera de vinho, para ela, não era nada. Frederica ria muito. De repente, deu para perceber que se apoiava em Marieta.

FLAGRANTE: *E o senhor, estava de algum modo alcoolizado?*

ANTENOR: Estava apenas alegre, excitado, feliz. Naquele estado em que a vida parece, por instantes, perfeita. A música, a noite lá fora. E eu ali com duas mulheres muito atraentes, o que me dava uma sensação de que a vida me permitia tudo. Tanto é que me levantei e roubei Frederica dos braços de Marieta, para que dançasse comigo, coisa que eu nunca fazia, por timidez e porque danço muito mal.

FLAGRANTE: *E como foi, dançando com Frederica?*
ANTENOR: Uma sensação maravilhosa. Porque a moça, apesar de apoiar-se inteiramente no meu corpo, deitar a cabeça em meu ombro, como se estivesse tonta ou com sono, ainda assim me guiava, era uma dançarina perfeita, fazendo um homem sentir-se muito leve, embora dançássemos quase parados. Era uma música lenta.

FLAGRANTE: *O que vocês ouviam?*
ANTENOR: Jazz. A trilha do filme *Round midnight*. Uma coisa ao mesmo tempo triste e romântica, embora possa parecer ridículo eu dizer isso. Mas, naquele momento, eu não me sentia participando de nenhum ardil, estava apenas dançando com uma jovem que me atraía muito. E que também parecia sentir prazer de estar em meus braços. Mas não demorou muito para que Marieta se aproximasse de nós e enlaçasse Frederica pelas costas, para que dançássemos os três assim colados. Ela tentava sorrir, mas o seu sorriso era um tanto forçado. E ela estava mesmo forçando a barra, esquecendo-se de qualquer cautela.

FLAGRANTE: *Ela já estaria com ciúmes?*
ANTENOR: Sim, ciúme de Frederica, por abandonar-se em meus braços, e ciúme de mim, por revelar um enlevo tão grande com a moça. Eu nunca dançava com Marieta. Nem com qualquer outra pessoa.

FLAGRANTE: *Mas a formação de um triângulo não era novidade para vocês.*
ANTENOR: Sim, porém Marieta nunca admitia ficar em segundo plano, era sempre o centro de qualquer transação. Além disso, Frederica, como já disse, era alguém muito especial.

FLAGRANTE: *Como Frederica reagiu a essa tentativa de se dançar a três?*
ANTENOR: Pela primeira vez demonstrou perceber que alguma coisa errada estava acontecendo e tentou libertar-se, apesar de tudo gentilmente. Balbuciava alguma coisa sobre ir embora, sobre telefonar para casa. Mostrava-se sonolenta e enrolava a língua. Marieta largou-a comigo, abandonou a sala e subiu a escada. Percebi que ela estava com raiva. Deve ter sido nesse momento que se formou em sua mente a idéia de submeter Frederica a seus caprichos a qualquer custo.

FLAGRANTE: *E o que o senhor fez, então?*
ANTENOR: Conduzi Frederica até o sofá e procurei acalmá-la. Fiz com que se deitasse, convencendo-a de que estava tudo bem, de que ela só estava um pouco tonta, e cobri-a com uma manta. Ela se mostrava tão fraca que não esboçou qualquer reação. Depois de certo tempo Marieta voltou e pôs-se a acusar-me, embora falando muito baixo. Disse que eu estava me aproveitando da moça. Na verdade, usou palavras bem mais fortes do que essas e, pelo modo como fungava, era evidente que cheirara cocaína enquanto estivera lá em cima.

FLAGRANTE: *O senhor de fato se aproveitava de Frederica?*
ANTENOR: Eu me sentara ao lado dela no sofá e a acariciava lentamente, nos cabelos, no rosto, e um pouco mais do que isso, depois que percebi que ela não despertava. Mas o tempo todo sentia ternura por ela. Sentia também desejo, mas não via ainda como realizá-lo. Marieta ajoelhou-se junto ao sofá e, a pretexto de sentir o coração de Frederica, pôs-se a fazer carícias mais ostensivas nela, sob a manta. Disse para mim, com raiva, mas sempre baixo, que se era isso o que eu queria, era isso o que eu ia ter. Frederica estava mesmo profundamente adormecida, pois não esboçou qualquer reação, nem quando Marieta puxou a manta, desabotoou-lhe a camisa e acariciou os seus seios. Foi então que Marieta tirou do bolso da túnica um embrulho de celofane, com cocaína bem refinada, e introduziu um pouco de pó nas narinas da moça.

FLAGRANTE: *Por que ela teria feito isso?*
ANTENOR: Estava desatinada. Penso que queria fazer Frederica participar do que acontecia, torná-la cúmplice. Era uma idéia insensata, mas Marieta podia tornar-se uma pessoa completamente insensata.

FLAGRANTE: *Em nenhum momento o senhor pensou em dissuadi-la?*
ANTENOR: Marieta tinha ascendência sobre mim, eu me habituara a que ela tomasse a frente nesse tipo de coisas, que sempre acabavam por dar certo, de algum modo, sem maiores conseqüências. E, a essa altura, estava muito excitado, também perdera qualquer sensatez e acariciava os seios de Frederica. E confesso que também cheirei um pouco de pó.

FLAGRANTE: *Por que o senhor negou isso até hoje?*
ANTENOR: Mais uma vez, porque o que aconteceu não pode ser justificado pelas drogas. E não sou viciado. Quando Marieta e depois eu cheiramos cocaína, já tínhamos em mente o que queríamos fazer.

FLAGRANTE: *Inclusive matar a moça?*
ANTENOR: Não, isso não. Isso só se tornou inevitável depois que passamos de certo ponto e não dava mais para simplesmente esperar que Frederica se levantasse e fosse embora, como se nada houvesse acontecido.

FLAGRANTE: *Vocês já não haviam passado desse ponto, a essa altura?*
ANTENOR: Sim, mas eu ainda não me dera conta de todas as conseqüências de nossos atos.

FLAGRANTE: *E Marieta?*
ANTENOR: Francamente, não sei. Talvez em algum canto da sua mente ela já antecipasse tudo. Mas creio mais que ela seguiu, passo a passo e sem hesitação, os seus instintos até o fim.

FLAGRANTE: *E qual foi o próximo passo?*
ANTENOR: Bem, as carícias no corpo de Frederica prosseguiam num crescendo e, depois de retirarmos sua roupa, começamos nós mesmos a nos despir. Cheiramos mais um pouco de pó e Marieta tornou a aplicá-lo às narinas da moça. Acho extremamente penoso reconstituir certas minúcias e vou apenas revelar que, ao mesmo tempo que Frederica era objeto do nosso desejo e das nossas carícias, também fazíamos coisas um com o outro, exasperadamente, eu e Marieta. Foi quando Frederica começou a espirrar, engasgou-se e pôs-se a se debater, murmurando coisas. Marieta ergueu-se de um pulo, foi até o banheiro da parte de baixo da casa e trouxe um frasco com éter. Embebeu uma almofada e comprimiu-a contra o rosto de Frederica. Logo ela voltou a estar inerte.

FLAGRANTE: *Por que Marieta guardava éter no banheiro?*
ANTENOR: Não sei, francamente. Podia ser que ela o usasse para consumo próprio, ou talvez já o tivesse partilhado com alguém. Comigo nunca. Ou talvez o éter estivesse ali para algum uso doméstico. Até aquela noite eu nunca me dera conta de que havia um frasco com éter naquele banheiro.

FLAGRANTE: *Éter é usado no refino de cocaína, o senhor deve saber.*
ANTENOR: Leio essas coisas nos jornais. No caso, não tem nada a ver. Marieta ganhava muito bem, não havia por que meter-se em tráfico de drogas. E a quantidade de éter que ali existia devia ser irrisória para tal fim.

FLAGRANTE: *Não é curioso que Marieta tenha se utilizado de uma substância para estimular Frederica, como a cocaína, e, logo a seguir, de outra para entorpecê-la?*
ANTENOR: Sim, quando refletimos sobre essas coisas, elas se tornam ilógicas. Mas, naquele momento, os atos obedeciam a uma outra espécie de lógica, a lógica conturbada da insensatez, como já coloquei. Marieta queria trazer Frederica a todo custo para a nossa órbita, fazê-la cúmplice da sua própria degra-

dação. Até porque ela não teria como queixar-se depois. A verdade é que Marieta não estava habituada a lidar com alguém como Frederica. Mas o seu raciocínio era rápido. Quando percebeu que a moça podia entrar em pânico e reagir descontroladamente, decidiu-se por privá-la dos sentidos. O destino de Frederica foi selado aí, como posso ver agora.

FLAGRANTE: *O que aconteceu em seguida?*
ANTENOR: Marieta mantinha a almofada contra o rosto de Frederica e gritou para mim: "O que você está esperando?".

FLAGRANTE: *O que ela queria dizer com isso?*
ANTENOR: O que estava eu esperando para possuir Frederica.

FLAGRANTE: *Ela deixou isso bem claro?*
ANTENOR: Sim, pois eu ainda hesitava e ela disse, impaciente: "Vem cá e come ela de uma vez".

FLAGRANTE: *Marieta manifestara, anteriormente, um forte ciúme de Frederica com o senhor. Como se explicaria a sua nova atitude?*
ANTENOR: Ela já recuperara o comando da situação e fizera de mim o seu cúmplice. E não sendo, estritamente, uma homossexual, a única forma de consumar a posse completa de Frederica, satisfazer uma voracidade sem limites, era através de um homem, através de mim. Enquanto isso acontecia, ela nos rondava, nos tocava, ao mesmo tempo que satisfazia a si própria, avidamente.

FLAGRANTE: *Sem qualquer intenção de ironizá-lo, onde o senhor reconheceria, nos atos que acaba de descrever, a dimensão espiritual que se devia procurar na relação de vocês?*
ANTENOR: Não tenho a pretensão de ser facilmente entendido. Mas uma tal voracidade, um desejo tão desmesurado que beirava a loucura, jamais poderia ser preenchido, só podia conduzir ao aniquilamento, ao vazio, abrindo sempre espaço para

uma outra face dessa busca desesperada, que no fundo reconhecíamos. Foi a isso que me referi quando disse "espiritual".

FLAGRANTE: *O que o senhor sentiu ao violentar a moça?*
ANTENOR: Não gosto desse termo, embora deva conformar-me a que seja aplicado à ação que cometi. Mas, como procurei esse tempo todo não ser complacente comigo, vou permitir-me agora expor sentimentos meus muito profundos, de um modo que nunca seria possibilitado numa investigação policial ou julgamento. Esta é outra razão por que me dispus a conceder entrevista tão meticulosa. Então, apesar de toda a agressividade, violência, que uma ação dessas implica, procurei, quando possuí Frederica, fazê-lo da forma mais amorosa e delicada possível. Eu não queria magoá-la, feri-la. Vou me permitir ser até ridículo. Frederica se encontrava diante de mim como uma bela adormecida, uma princesa, a namorada que o homem sombrio que sempre fui gostaria de ter tido. Cheguei verdadeiramente a fantasiar que ela gostava de mim, entregava-se por isso e que, de repente, poderia enlaçar-me em seus braços para sentir junto comigo. Mas quem me tocava, na verdade nos tocava, com avidez, era Marieta.

FLAGRANTE: *A perícia encontrou resíduos de cocaína no corpo da moça e também constatou que ela mantivera relações sexuais algumas horas antes da sua morte. Mas não pôde determinar se isso se dera através de constrangimento, pois não havia marcas contundentes em seu corpo que evidenciassem violência. Haveria então alguma possibilidade, diante da forma como o senhor descreveu a relação, de que Frederica houvesse participado dela de algum modo, ainda que sem plena consciência, até mesmo para que o seu corpo estivesse apto a isso?*
ANTENOR: Seria bom para mim pensar desse modo se as coisas não houvessem tido o desfecho que tiveram. Mas aceitar tal possibilidade seria extrapolar o meu conhecimento. Não posso saber o que se passou no interior de uma mulher drogada

e adormecida, que não podia oferecer resistência. Só posso falar quanto a mim mesmo. Que, apesar de toda a agressividade contida no meu ato, houve nele uma mistura de crueldade e amor, o que talvez a sexualidade sempre implique. Mas não cabe tratar disso agora.

FLAGRANTE: *Existindo também esse amor, não é absurdo que o senhor tenha matado ou consentido com a morte da jovem?*
ANTENOR: Tudo é absurdo nesse caso.

FLAGRANTE: *O que o senhor sentiu depois do ato?*
ANTENOR: Um aniquilamento total, pois não havia mais nenhum desejo a impulsionar-me. E me vesti imediatamente, com vergonha do meu corpo.

FLAGRANTE: *Frederica morreu da inalação prolongada do éter. Segundo o testemunho do senhor, o único que se pode ter sobre o crime, Marieta tornou a embeber a almofada com éter e a pressionou novamente contra o rosto da jovem. Conforme ainda o seu depoimento, Marieta disse que era preciso ganhar tempo para vocês pensarem no que fazer. Chegaram a discutir alguma alternativa que não implicasse a morte de Frederica?*
ANTENOR: Não, nós simplesmente a fizemos dormir e dormir.

FLAGRANTE: *O que o senhor pensava enquanto isso?*
ANTENOR: Eu não queria pensar, defrontar-me com o que acabara de fazer. E caí numa espécie de vazio irreal. Para ser mais simples, o fato é que tive muito medo. Seria terrível e inaceitável para mim que Frederica voltasse a si para acusar-me e desprezar-me. E os acontecimentos continuaram a seguir o rumo que teriam de seguir, necessariamente.

FLAGRANTE: *Com a morte da moça?*
ANTENOR: Sim, com a morte dela.

FLAGRANTE: *Chegaram a falar explicitamente sobre isso?*
ANTENOR: Não. Houve apenas uma troca banal de palavras sobre tornar a vestir Frederica. Marieta já colocara sua própria calcinha e blusa. Voltou a cheirar pó e me pediu, calmamente, que fosse buscar a parte superior do moletom de Frederica, que fora deixada no quarto, em cima da cama.

FLAGRANTE: *Quando Frederica foi vestida ainda estava viva?*
ANTENOR: Sim, com toda certeza, pois não havia rigidez em seu corpo. Marieta se encarregava de vesti-la e, enquanto isso, falou-me para tornar a embeber a almofada e aplicar éter às narinas da moça.

FLAGRANTE: *Já com a intenção de matá-la?*
ANTENOR: Marieta era uma calculista de riscos, profissional. Já recuperara inteiramente a razão e devia saber que a única saída era essa. E com certeza fazia questão de que eu participasse diretamente do crime. Eu agia como um autômato.

FLAGRANTE: *No entanto serviu-se de mais uísque, como se soube pelo senhor mesmo.*
ANTENOR: Isso também foi feito automaticamente. Mas não há desculpas. Eu deixei Frederica morrer. Eu a matei com Marieta. Só que, naquele momento, ainda esperava, absurdamente, que as coisas se resolvessem de algum modo. Que Marieta encontrasse uma solução, pois ela procurava dar a tudo um clima de completa normalidade e pediu-me que pusesse alguma coisa para tocar, como se uma reunião prosseguisse naquela casa. Enquanto a música tocava, Marieta disse que ia tomar banho.

FLAGRANTE: *Que tipo de música o senhor pôs?*
ANTENOR: Chet Baker.

FLAGRANTE: *Por alguma razão especial?*
ANTENOR: Sei onde está querendo chegar. Chet Baker, drogas, música, morte. Pode ser que se encontre aí alguma conexão misteriosa, mas o disco apenas estava ali às minhas vistas

e era de um músico do qual eu gostava. Marieta também. Eu não podia deixar entrar nenhum pensamento e sentei-me numa poltrona, distante do sofá onde Frederica se encontrava, na penumbra, pois antes de subir Marieta apagara algumas das luzes. E também cobrira Frederica com a manta.

FLAGRANTE: *Frederica já estava morta?*
ANTENOR: Sim, senão Marieta não a teria deixado a sós comigo na sala, temendo que ela acordasse. Mas eu ainda não reconhecia isso verdadeiramente dentro de mim, apesar do absoluto silêncio e imobilidade do corpo no sofá. Eu apenas bebia e ouvia música. Sentimentos muito sombrios e melancólicos me tomavam, mas abstratamente, como se tivessem sua origem na música. Eu também me encolhia de frio.

FLAGRANTE: *Quando o senhor se deu conta, efetivamente, de que a moça morrera?*
ANTENOR: Quando Marieta desceu e disse-me que precisávamos dar um jeito no corpo. Marieta estava bem-arrumada, mas de maneira simples, sem pintura, de calça comprida e blusa de lã, como se tivesse se vestido de forma adequada para a situação. Talvez houvesse usado mais cocaína, ou não. De qualquer modo se mostrava muito decidida. Desligou o toca-discos e disse que eu fosse me arrumar, pois tínhamos de sair para dar um jeito no corpo.

FLAGRANTE: *Como o senhor reagiu?*
ANTENOR: É difícil dizer. Sem a música, era como se o peso da realidade se tornasse concreto. Mas não tive qualquer reação, a não ser levantar-me para fazer o que Marieta dissera. Lá em cima, enquanto procurava no armário uma camisa para vestir, pois deixava uma ou outra roupa em casa de Marieta, cheguei a pensar que estaria frio lá fora, e por isso peguei também um casaco de lã, de Marieta. Isso quer dizer que uma parte de mim sabia bem que tínhamos de procurar um lugar ermo para deixar o corpo de Frederica. Mas depois, no banheiro, olhando-me no espelho, era como se eu fosse um outro, aquela velha história, como se aquilo não pudesse estar acontecendo comigo.

Mas era bom, depois de tudo, tomar um banho, trocar de camisa, uma coisa tão rotineira. De qualquer modo eu tremia muito mais do que o normal com o frio, quando saí do banheiro. E tive dificuldades em me vestir, demorei-me no quarto, com a porta fechada, não queria encarar o que me aguardava lá embaixo. E, por mais absurda que fosse, alimentava uma esperança de que Frederica não estivesse morta, nem estivesse mais lá, e rezei por isso. Mas não havia como fugir e finalmente desci. Marieta havia praticamente embrulhado o corpo com um lençol grande e estava retirando da sala os copos, garrafas etc. Bem, a partir daí era uma questão de dar um passo necessário atrás do outro. Carregarmos o corpo embrulhado até o carro, colocá-lo na mala etc.

FLAGRANTE: *Não tiveram receio de que os vizinhos os surpreendessem?*

ANTENOR: Ali é um condomínio e as casas ficam a uma certa distância umas das outras. A porta dos fundos dava diretamente para a garagem. E, de todo modo, tínhamos de nos livrar do corpo. Quanto mais cedo fizéssemos isso, melhor.

FLAGRANTE: *O senhor deu a entender que era Marieta, quase sempre, quem tomava a frente dos acontecimentos. Apesar disso, sabe-se que foi o senhor quem dirigiu o carro naquela noite. Fazia isso habitualmente para Marieta?*

ANTENOR: Não. Eu nem trazia a carteira de motorista, pois ficara sem carro desde a separação da minha mulher. Existem atitudes que não podem ser totalmente explicadas. Ou se pode escolher, para elas, uma explicação quase ao acaso. Como, por exemplo, que agora era bom agir para não pensar. Eu estava ansioso por terminar logo com aquilo e sentei-me ao volante. Marieta não reclamou. Dirigir é uma coisa que se pode fazer mecanicamente e desincumbi-me com perfeição dessa tarefa. Tomei naturalmente o caminho da Barra e perguntei a Marieta se ela achava melhor procurarmos algum rochedo junto ao mar. Ela refletiu um pouco e disse que não, porque poderíamos nos expor demais.

FLAGRANTE: *Como escolheram o local para deixar o corpo?*
ANTENOR: Foi uma coisa que aconteceu por si própria. Já chegávamos ao Recreio dos Bandeirantes, vi um loteamento, um matagal com uma estradinha, não havia ninguém, virei à direita e foi tudo muito rápido. Fiz uma manobra de modo que a traseira do carro penetrasse no matagal, desci, abri a mala, puxei o corpo e deixei-o lá, sem o lençol. Voltei ao carro e tomei o caminho de volta. Diante de tudo isso, Marieta apenas soltou dois ou três palavrões. De alívio, de surpresa, de admiração, sei lá mais do quê.

FLAGRANTE: *Vocês foram jantar num restaurante do Leblon. Como explicaria essa disposição?*
ANTENOR: Olha, estou cansado. Mas me lembro de um grande alívio, distensão, por termos nos livrado do cadáver. Naquele momento ele não era de Frederica, de ninguém, apenas um fardo muito perigoso do qual conseguíramos nos descartar. Os meus sentimentos em relação a ela, Frederica, só foram voltando, crescendo, depois. Marieta perguntou-me se eu queria jantar e percebi que estava com fome.

FLAGRANTE: *Como decorreu esse jantar?*
ANTENOR: Foi estranho, porque era uma noite de sábado, muitas pessoas nas ruas, nos restaurantes. E nós ali, no meio delas, com um segredo daqueles. Ao mesmo tempo, estar num restaurante era uma forma de continuar a viver como se nada houvesse acontecido. Marieta tomou vinho, e eu, uísque. Isso também ajudava.

FLAGRANTE: *Vocês não falaram sobre o que haviam feito?*
ANTENOR: No carro, falamos coisas como "ninguém nos viu", "não havia outro jeito" etc. E Marieta reafirmou que Frederica não contara a ninguém onde fora. No restaurante, houve um momento em que Marieta, sempre querendo dar às coisas um clima de completa normalidade, perguntou-me quando eu voltaria às aulas, pois estávamos no final das férias de julho, e

eu disse: "O que vai ser de nós? Será que tudo poderá continuar?". Ela olhou para os lados e pôs o indicador nos lábios, como um sinal de silêncio. Como se fosse de mau gosto falar dessas coisas. Segurou-me a mão e disse-me que "ela", referindo-se a Frederica, "não existia mais". "Nunca existiu, entendeu?", ela disse. Fiz um sinal de assentimento, e Marieta, por baixo da mesa, começou a fazer-me carícias com o pé descalço. Estava acostumada a ganhar-me, digamos assim, com atitudes desse gênero. Enquanto fazia isso, falava sobre os mais diversos assuntos, desde a comida até comentários sobre pessoas no restaurante. Nem mais uma palavra sobre Frederica. Marieta parecia até eufórica, apesar de um tanto artificialmente. É preciso entender que não era uma pessoa comum, para dizer o mínimo.

FLAGRANTE: *E como foi de volta à casa?*
ANTENOR: Continuei ao volante e dirigia bem devagar, pois agora estava meio bêbado. Marieta continuava a acariciar-me e deitou a cabeça em meu ombro, como se quisesse bancar a mulherzinha com o seu homem.

FRAGRANTE: *O senhor se incomodaria de responder se tiveram relações naquela noite?*
ANTENOR: Sim, tivemos.

FLAGRANTE: *Como o senhor se sentiu?*
ANTENOR: Não é muito fácil verbalizar. Talvez eu possa dizer que possuí Marieta com fúria. Eu queria submetê-la e, por outro lado, gostaria de sumir dentro dela para sempre.

Flagrante, 9 de junho de 1993

A vida depois da morte

Na primeira parte desta entrevista, publicada em *Flagrante* na semana passada, o professor de filosofia Antenor Lott Marçal contou como ele e sua amante Marieta de Castro vieram a matar a jovem Frederica Stucker, depois de a terem narcotizado e submetido a abusos sexuais, que culminaram com o estupro de Frederica por Antenor.

Naquela oportunidade, além de rastrear todas as etapas da armadilha que foi se fechando em torno da vítima, numa cenografia e coreografia macabras, Antenor procurou traçar um perfil da personalidade de Marieta, da sua própria e ainda da soma de ambas formando o sinistro casal.

Neste segundo encontro com o repórter Alfredo Novalis, Antenor explica os motivos que o levaram a apresentar-se à polícia, trazendo como uma das suas conseqüências o suicídio de Marieta. Revela, ainda, os desdobramentos do processo emocional por que passou, da data do crime aos dias de hoje, numa trajetória moral, e até espiritual, surpreendente, que, a exemplo do que aconteceu com a primeira parte da entrevista, preferimos não antecipar com subtítulos ou destaques na matéria, para que suas etapas com as correspondentes revelações possam ser acompanhadas pelos leitores em sua ordem e mecanismos próprios.

FLAGRANTE: *Se o senhor não se apresentasse à polícia, a morte de Frederica Stucker possivelmente entraria na lista dos casos insolúveis. Por que o senhor fez isso? Por sentimento de culpa?*

ANTENOR: A culpa é apenas um dos lados da questão. Também a expectativa de conviver com aquele segredo, com o medo de que fôssemos descobertos de algum modo, era uma carga insuportável. Talvez eu tenha querido me livrar dela. Mas outro aspecto muito importante é que sempre houve em mim, por minha própria formação, esse desejo de buscar a verdade. Eu não me conformava com todas aquelas versões mentirosas infamando Frederica, vinculando-a a drogas, a uma vida dupla. E havia o fato de que pessoas que nada tinham a ver com a história estavam sendo investigadas. Eu queria pôr as coisas no seu devido lugar.

FLAGRANTE: *Marieta, no entanto, continuou a viver como se nada houvesse acontecido, não é verdade?*
ANTENOR: Mesmo tendo convivido intimamente com Marieta, sua mente sempre me intrigou, e sobre o que se passava nela, muitas vezes, só posso fazer conjeturas. Uma delas é que se alguma espécie de culpa a rondava, Marieta não a deixava entrar. No período que sucedeu à morte de Frederica, Marieta trabalhou muito. Talvez ela estivesse querendo esquecer. Já na manhã seguinte ao crime, quando acordei, Marieta arrumara a casa e fizera desaparecer todos os vestígios da passagem de Frederica por ali. Lembro-me de que eu próprio, ao examinar o jornal, senti alívio por não encontrar nenhuma notícia sobre a morte da moça, embora isso não fosse mesmo possível, por uma questão de tempo. Por sugestão de Marieta, passamos o domingo num hotel, em Teresópolis, e tivemos um relacionamento muito intenso.

FLAGRANTE: *Sexual, o senhor quer dizer?*
ANTENOR: Foi um relacionamento completo. Caminhamos pela mata, tomamos banho de cachoeira etc. Fazia frio e não deixava de ser uma espécie de limpeza, purificação. Não houve drogas, bebidas, nada. E tivemos relações mais de uma vez.

FLAGRANTE: *Vocês falavam sobre os acontecimentos da véspera?*

ANTENOR: Não, tratava-se sobretudo de apagá-los. Marieta me dava a entender, apenas, talvez procurando lisonjear-me, que eu tinha sido muito bom com ela, na cama, na noite anterior. Estou me referindo a depois do jantar, obviamente.

FLAGRANTE: *Os jornais de segunda-feira já noticiavam a morte de Frederica. Qual foi a reação de vocês?*
ANTENOR: Bem, nós tínhamos voltado tarde da noite para o Rio e dormimos em casa de Marieta. De manhã, ela me mostrou, no jornal que assinava, a notícia sobre a descoberta do corpo, com uma chamada de primeira página, pois era a morte trágica de uma jovem da Zona Sul, bonita e quase cega. Marieta fez questão de realçar que não havia pistas que pudessem levar a nós, apesar da menção à amiga em cuja casa Frederica teria ido, segundo seu pai. Logicamente, as investigações se iniciavam pelas relações de Frederica, a começar por aquelas que moravam próximo à Lagoa, um equívoco total. A caminho do trabalho, Marieta foi me deixar em casa e compramos outros jornais. Em todos eles a presunção era de que Frederica teria se metido por conta própria numa aventura envolvendo tóxicos etc., para surpresa e indignação da família e dos amigos. Apenas vagamente se levantava a hipótese de violência sexual e homicídio. Só se tinha certeza da ocultação de cadáver. É curioso o poder da palavra impressa. Eu mesmo tentei colocar em dúvida, intimamente, algumas coisas. Por exemplo, se Frederica não teria buscado conosco uma aventura amorosa. E se a sua morte não teria ocorrido por uma fatalidade.

FLAGRANTE: *Isso não ia contra o seu desejo pela verdade?*
ANTENOR: Estou falando de sentimentos e desejos contraditórios que coexistiram em mim dentro de um processo psicológico atormentado. As palavras só de longe conseguem traduzi-lo e sou obrigado a ser minucioso. Passado o fim de semana, Marieta retornara ao trabalho e eu estava de volta ao meu apartamento. Havia cometido coisas terríveis e nada me acontecia, na prática, por causa delas. Para continuar a viver, aquilo devia ser assimilado por mim. Uma das fórmulas para consegui-lo seria esquecendo o que aconteceu ou negando-o, absurda-

mente, mas não dava certo. Então só me restava absorvê-lo, o que só se tornava mais ou menos possível na companhia de Marieta. Durante os dias eu ficava sozinho e a história de Frederica se transformava ao sabor do que se publicava nos jornais. A versão de que ela buscara uma aventura ajudava um pouco essa assimilação. Por outro lado, eu lia depoimentos de amigos de Frederica, de sua família, traçando o retrato de uma jovem meiga, espontânea, alegre e corajosa; eu via fotos dela nos jornais, em diferentes épocas da sua vida, criança, mocinha etc. Então eu podia chorar por Frederica e por mim; não me conformava com as suspeitas e calúnias que eram lançadas contra ela, com a vinculação ao caso de pessoas que nada tinham a ver com ele, como o casal amigo da moça, em cujo apartamento encontraram uma pequena quantidade de cocaína. Algumas dessas pessoas até desprezíveis, como o viciado maluco que confessou ter estado com Frederica naquela noite, sem nunca tê-la visto na vida. Sua versão foi logo desmontada, mas fazia parte de um festival de fantasias, de manipulações da vida e do corpo de Frederica. Eu não podia suportar também aquele *noivo*, como ele se apresentou, todo certinho, posando de protetor da *noivinha* cega, muito amado por ela, o que eu sabia não ser verdadeiro. Enquanto isso era como se eu não existisse, ali fechado no apartamento.

FLAGRANTE: *O senhor estaria de algum modo cioso da sua posse de Frederica?*
ANTENOR (*parecendo iluminar-se*): Sim, é bem isso. Ela era minha, num certo sentido. E eu me via possuindo-a outra vez, retrospectivamente, mas refazendo a história, protegendo-a de Marieta, conquistando-a para mim.

FLAGRANTE: *Foi possível continuar se relacionando com Marieta como antes?*
ANTENOR: Marieta estava se dando a mim com mais empenho do que nunca, vindo todas as noites ao meu apartamento, depois do trabalho, dormindo lá, o que antes raramente acontecia, ou me levando para sua casa. Quanto a mim, sentia-me

buscando desesperadamente em seus braços a segurança de que minha paixão por ela justificava tudo. Eu continuava a desejá-la, era mais forte do que eu, era a única coisa que tinha na vida, e vivia cada noite como se fosse a última noite. Mas era também como se Frederica estivesse entre nós, o conhecimento dela e todo o resto que acontecera haviam me marcado irremediavelmente. Os meus sentimentos por Frederica, ambíguos que fossem, cresciam e me torturavam. Marieta percebia tudo e tenho certeza de que queria manter-me sob controle. Chegou a comentar comigo — duas ou três vezes, pois não gostava de tocar no assunto —, com ar de determinação, algo mais ou menos assim: "Conseguimos escapar dessa, hem?". E observava minhas reações. Eu concordava, mas já admitia secretamente a possibilidade de entregar-me. E tive medo de que Marieta mandasse alguém me matar, já que ela própria não poderia fazê-lo sem causar suspeitas.

FLAGRANTE: *Marieta e o senhor foram qualificados de monstros, em vários jornais e revistas, e até pelo promotor. O que acha disso?*
ANTENOR: O promotor defendia uma causa líquida e certa, mas também era um sujeitinho ridículo, jogando para a platéia. Talvez se achará risível o que vou dizer. Marieta não passava de uma criança, sob certos aspectos, infantil até em sua crueldade e egoísmo. Muitas vezes ela dormia com um dedo enfiado na boca e eu podia me enternecer com isso. Havia uma espécie de pureza infantil em sua amoralidade. Marieta não suportava a frustração. O fato é que se você tiver a psicologia de uma criança em um adulto dotado de força e inteligência, eis o monstro.

FLAGRANTE: *No entanto Marieta era uma profissional competente, muito valorizada.*
ANTENOR: Não existe aí qualquer contradição. Marieta operava em um mercado de alto risco, implicando projeções econômicas para o futuro etc. Ela podia comentar comigo sobre uma guerra ou catástrofe em qualquer ponto do planeta como uma questão do que devia ser comprado ou vendido em função disso.

Não que tirasse prazer da desgraça alheia, não se tratava disso, mas da vida como um sistema de forças em oposição. Uns ganhavam, outros perdiam. Marieta amava esse jogo não apenas pelo dinheiro. Ela gostava de lutar e vencer.

FLAGRANTE: *E como o senhor vê aquela mesma qualificação atribuída ao senhor?*
ANTENOR: A de monstro? Certo, há o crime monstruoso que cometi. Mas as pessoas dizem isso também por causa da suposta frieza com que confessei tudo. Talvez todos se sentissem menos confundidos se eu me desse o mesmo fim que Marieta ou me refugiasse em justificativas ou mentiras. Se eu me mostrasse desesperadamente arrependido. Mas isso, sim, seria escamotear a verdadeira face desse drama. Não que eu me absolva do que cometi, muito pelo contrário. Simplesmente não quero dissociar-me dos meus atos. Da pessoa que fui, da que me tornei a partir daquilo que fiz. Do meu destino trágico.

FLAGRANTE: *É verdade que o senhor recebe cartas de mulheres com propostas amorosas?*
ANTENOR: Sim, recebi cartas do gênero. Mas também outras maldizendo-me, execrando-me, o que também não deixa de mostrar uma necessidade de se comunicar diretamente comigo.

FLAGRANTE: *O que o senhor pensa dessas propostas?*
ANTENOR: Elas falam por si e não pretendo fazer qualquer comentário. O teor dessas cartas, em geral, era de que, com o amor de suas autoras, eu teria me tornado outro homem.

FLAGRANTE: *O senhor concorda com isso?*
ANTENOR: Já disse que não posso dissociar-me do meu destino.

FLAGRANTE: *O senhor tem um filho. Não se preocupa com o que ele possa sentir a seu respeito?*

ANTENOR: O melhor que lhe pode acontecer é esquecer-me. Já foi providenciado para que não use mais o meu sobrenome, como fez minha ex-mulher.

FLAGRANTE: *Comentou-se que o senhor pretende escrever um livro contando a sua história com Marieta, Frederica. Isso é verdadeiro?*
ANTENOR: Não, esta entrevista esgota o assunto. Se eu tivesse de escrever um livro, algum dia, contaria alguma história inventada que fizesse bem a mim e às pessoas. Mas, de fato, fui procurado por representantes de duas grandes editoras e despachei os dois. Um deles veio com uma conversa mole de que eu poderia mostrar, no livro, o meu lado humano (*Antenor ri sarcasticamente*). O outro, pelo menos, não procurou escamotear os objetivos comerciais da proposta e disse-me, apenas, que minha história com Marieta, Frederica, seria de grande interesse para os leitores. É verdade e não é outra a razão pela qual a sua revista está me ouvindo. Eis uma questão importante: as pessoas querem compartilhar de tudo o que aconteceu nessa história. Tirarão dela um prazer que não gostariam de admitir.

FLAGRANTE: *O senhor não acha que o que se permite na fantasia nem sempre se pode colocar em prática na vida real?*
ANTENOR: Sim, é verdade. Mas há pessoas como Marieta, e eu mesmo, que buscam materializar suas fantasias. E isso é muito perigoso.

FLAGRANTE: *Já pensou em submeter-se a algum tratamento psicológico, como, por exemplo, a psicanálise?*
ANTENOR: Pensei nisso muitas vezes, antes de conhecer Marieta, quando considerava miserável a minha vida, o meu casamento desmoronava. Acho que acabaria por buscar a análise e, com o seu auxílio, talvez toda a minha vida houvesse se tornado outra. Mas, a partir do momento em que comecei a estar com Marieta, eu queria viver como estava vivendo, não queria mudar.

FLAGRANTE: *O senhor faria um tratamento agora?*
ANTENOR: Agora não faz sentido, pois me considero colado demais à minha história, apegado a ela, para tentar revê-la nessa direção analítica.

FLAGRANTE: *Como Marieta encarava a psicanálise?*
ANTENOR: Com desdém. Ela me contou que procurara um analista, certa vez, quando era ainda bem jovem, tentou seduzi-lo e conseguiu. Na verdade, tratava-se também de vencê-lo e ele se tornou um dos seus despojos. Marieta, digo com certeza, queria ser exatamente como era.

FLAGRANTE: *Como se explicaria o suicídio de uma pessoa assim?*
ANTENOR: Como uma coisa que tinha de acontecer, necessariamente, quando o seu crime ia ser revelado. Marieta era uma força selvagem da natureza. Humanamente, era como um bárbaro cultivado, que podia transformar-se em uma fera abocanhando o que lhe despertasse o apetite. Quando isso se tornou impossível e ela teria de se defrontar com forças da sociedade muito maiores do que as suas, só lhe restava matar-se. Tenho certeza de que o fez sem hesitação. Foi determinada até nisso.

FLAGRANTE: *Antes ela tentou dissuadi-lo de entregar-se, não foi?*
ANTENOR: Não muito, pois me conhecia bem e deve ter sentido que minha decisão estava tomada. Aconteceu assim: eu lhe telefonei, para o trabalho, avisando que iria apresentar-me à polícia naquela hora mesmo. Daí a poucos dias as aulas recomeçariam e eu não me sentia capaz de encarar os alunos, falar de filosofia etc. Marieta me interrompeu e começou a dizer que eu era um bunda-mole, um covarde. De repente, calou-se e bateu o telefone. Cheguei a pensar que ela viria até minha casa e apressei-me a ir à Delegacia de Homicídios. Fiquei sabendo lá que Marieta se suicidara. Devia estar preparada para essa eventualidade, pois estava com o revólver que guardava em casa.

FLAGRANTE: *Qual foi a sua reação ao ser informado?*
ANTENOR: Eu estava numa sala com policiais que me deram a notícia e deixaram entrar os jornalistas naquele momento. Protestei contra isso e recusei-me a responder perguntas sobre a morte de Marieta. Eu não sentia nada além da vontade de ficar sozinho numa cela. Só depois pude absorver a notícia e senti alívio por Marieta não ter de se submeter a constrangimentos. E porque, finalmente, aquela história se fechava.

FLAGRANTE: *O senhor não sentiu a perda de Marieta? Não tem saudades dela?*
ANTENOR: Muitas vezes me pego lembrando-me dos nossos melhores momentos. Considero minha vida inseparável do encontro com Marieta. Creio, mesmo, apesar de todo o horror que isso ocasionou, que eu não teria experimentado verdadeiramente a vida sem esse encontro. Mas nós dois vivemos tudo tão intensamente que, depois do clímax trágico com Frederica, o fim de tudo foi como tinha de ser.

FLAGRANTE: *O senhor considera aceitável que, para que uns vivam intensamente, inocentes sejam sacrificados?*
ANTENOR: É claro que não, como princípio. Mas talvez este seja um dos aspectos, talvez o menos aceitável, da vida, da natureza.

FLAGRANTE: *Não foi possível ouvir Marieta a respeito de todas essas coisas. Como se poderá ter certeza de que a sua versão dos fatos, sua visão da própria Marieta, são as mais corretas?*
ANTENOR: Está certo, não lhe posso dar essa certeza. E, ainda quando se trata de fatos concretos, como os que levaram à morte de Frederica, eu próprio duvido, algumas vezes, se a reprodução deles que tenho em mente e procuro transmitir é a mais correta possível. No decorrer desta entrevista, pareceu-me, várias vezes, que enxergava os acontecimentos sob novos ângulos e que eu mesmo me transformava, falando deles. As coisas acontecem velozmente, não podemos fixá-las nos mo-

mentos em que as vivemos e, não fosse por suas conseqüências, eu chegaria a duvidar que tais coisas puderam acontecer comigo.

Mas, quanto aos meus sentimentos, posso transmitir uma certeza maior, como se fossem eles os verdadeiros fatos, e não consigo mais me ver sem essa presença em mim de Frederica Stucker. Quando a conheci, gostei dela imediatamente. E passei a querê-la com paixão quando a contemplei a secar os cabelos; naquele momento em que ela não se sabia observada e por isso se revelava limpidamente. É claro que o ter cometido todas aquelas coisas contra ela obstruía em grande parte esses sentimentos. A partir do instante em que decidi denunciar-me, foi como se a reencontrasse, me libertasse para amá-la. E, já que me dispus a revelar tantas coisas, revelarei mais isto: sou assaltado o tempo todo por um desejo, que às vezes se transforma em esperança, mesmo que insensata, de que haverá um outro plano de existência em que me reencontrarei com Frederica e me ajoelharei a seus pés, não propriamente para pedir-lhe perdão, mas para que me compreenda e a todo o meu amor por ela; a todo o desejo que me levou a possuí-la até o aniquilamento. E sonho que, diante de um amor assim tão absoluto, Frederica me estenderá a mão para que eu me levante e nos abracemos apaixonadamente. Esta é uma outra e grande razão por que concordei em falar. Para apregoar todo o meu amor por Frederica Stucker.

FLAGRANTE: *O senhor já pensou que pode estar louco?*
ANTENOR: Não, eu não estou louco. Estou certo de que o que se passa em minha mente, em toda mente humana, é natural a ela e passível de ser entendido por todas as mentes.

FLAGRANTE: *Como acontece com freqüência, diante de sacrifícios como o que se abateu sobre Frederica Stucker, levantou-se a hipótese de práticas de magia negra. Marieta ou o senhor eram dados a alguma prática desse tipo?*

ANTENOR: Não, nunca, embora eu não descarte inteiramente a possibilidade de que o que chamam de demônio seja um estado virtual da mente humana. Mas o que sucedeu por nossas mãos pertence inteiramente ao humano.

FLAGRANTE: *O senhor freqüenta algum tipo de culto, recebe assistência religiosa aqui no presídio?*
ANTENOR: Não. Deus, para mim, sem que privilegie uma religião específica, é uma possibilidade e uma esperança. Não quero falar de meus pais, que estão mortos. Mas posso dizer que eles vieram do interior e recebi uma formação católica muito rígida, que depois reneguei, pois a Igreja, a instituição, me era detestável. No fundo, porém, nunca deixamos de ser a criança que fomos, e quando a culpa me assalta agora, por causas mais do que objetivas, ela guarda um parentesco impressionante com aquela que eu sentia quando das minhas faltas inofensivas na infância.

FLAGRANTE: *Esta formação teria algo a ver com o tipo de amor mortal experimentado pelo senhor?*
ANTENOR: É bastante provável, quase certo. Mas um dos aspectos do cristianismo que volta a me seduzir é a figura radical do perdão, da bondade de Deus, fazendo com que um homem possa salvar-se ainda que tenha praticado os crimes mais nefandos. É difícil acreditarmos na bondade ou mesmo na existência de Deus, vivendo no mundo em que vivemos e, muitas vezes, tentamos em vão compreender os desígnios de um princípio supremo. Mas, na admissibilidade irrestrita do perdão para os que o desejarem, está implícita a certeza de que os seres humanos tanto podem cometer quanto padecer os atos mais terríveis. E, no cristianismo, há a crença consoladora em um Deus que se fez homem para submeter-se aos piores horrores da condição. A eterna tensão entre o bem e o mal implica necessariamente a existência dos dois. Se existir um princípio supremo, seja como for, a força selvagem da sexualidade e do desejo será da natureza da criação.

O cristianismo vê também a dor dos assassinos como eu, a terrível singularidade de haver cometido uma ação odiosa. Há, então, o meu próprio e terrível sofrimento, a minha solidão que, espero ardentemente, construa o meu caminho pessoal para a transcendência. Frederica, caso toda essa esperança seja uma intuição da luz, estará lá, em um plano superior, seja aquele prescrito pelo cristianismo ou não, porque, caso exista, ainda que não nomeável, esse plano, ela o terá alcançado. Enquanto atravesso aqui o meu calvário, procuro aceitá-lo e vivê-lo ilimitadamente, na expectativa de que me leve à reunião com Frederica, à realização plena do sentimento que experimentei, de relance, ao contemplá-la enquanto ela secava os cabelos, a mais despojada de todas as criaturas.

Se não passar tudo isso de uma miragem projetada pelo desejo, resta-me o consolo de antecipar o vazio da morte sem memória de coisa alguma, como se nada disso, nunca, houvesse acontecido.

*AS CARTAS
NÃO MENTEM JAMAIS*

— Toma mais uma taça de champanhe?

— Sim, por favor — ela diz, com uma voz fraca, longínqua, como se estivesse sendo arrancada de um lugar muito escondido dentro de si mesma.

Ele se levanta de um salto e vai até a mesa onde a garrafa está no balde com gelo junto a um grande buquê de flores vermelhas que lhe enviaram de tarde com um cartão que ele não se deu ao trabalho de ler, dentro de um envelope endereçado a Antônio Flores, ele.

O lençol foi revolvido quando ele se ergueu e assim ele pôde ver uma parte do corpo nu, delgado e muito branco sobre a cama. A moça deixou cair sobre o rosto os longos cabelos negros e ele adivinha que ela faz isso para esconder os olhos, fingir que não se vê observada.

Ele observa, também, com um olhar periférico, as luzes da cidade imensa lá embaixo, que começa a ser tomada pela neblina, que talvez nasça no grande lago. As exigências contratuais dele sempre incluem os andares mais elevados dos hotéis para haver a vista e o silêncio, quebrado apenas por um rumor distante, e ainda um piano em que ele possa exercitar-se. Depois que entraram na suíte e tiraram os sobretudos, ele a abraçou, de pé, sentindo o odor do perfume delicado que ela usa. E foi ela mesma quem baixou, puxando as alças, o seu vestido muito leve, para que ele a acariciasse nos seios. Mas logo depois ela fugiu para sentar-se ao piano e dedilhar, brincando, um trecho da *Sonata atlântica*, dele. Talvez porque ela o fizesse com os pequenos seios de fora, e de forma amadorística, como se alguém assobiasse na rua a sua música, ele achou belo, tudo. Mas porque era também embaraçoso ouvir tocar uma composição sua, sentiu alívio quando a campainha tocou para o serviço de quarto trazer a champanhe. Antes de abrir a porta ele recompôs o vestido da garota. Depois foi tomar um banho rápido porque suava nos concertos.

Às vezes sua vida não parece real. Nos últimos anos tem sido assim: aviões, salas de concerto, hotéis, cidades vistas do alto ou dentro de limusines, encontros fortuitos com mulheres que não deixam marcas duradouras.

Mas essa garota tem apenas dezesseis anos e desperta nele uma ternura rara, esquecida. Por isso ele tem o cuidado de vestir o robe antes de voltar à cama. Desiste de levar-lhe uma flor, porque elas sempre lhe parecem uma ironia, e, ao sentar-se na borda da cama, oferecendo a taça à garota, acaricia-a na cabeça como se faz com as crianças. Sente como que uma necessidade de protegê-la dele mesmo. Talvez para negar isso, ela se liberta do lençol, senta-se nua e toma um gole grande, antes de passar a ele a taça. Ele chega esta junto à boca e apenas deixa que o sabor da bebida penetre-lhe as narinas, sentindo que assim prova um gosto muito mais completo da champanhe, da garota, dessa noite toda. Deposita a taça sobre a mesa-de-cabeceira, e a moça pergunta:

— Você não vai tomar?

Ele quase nunca bebe, embora tenha tomado uma primeira taça com a garota, e sua resposta é pousar os lábios nos lábios dela. Ela o puxa pelo pescoço e o beija com força na boca, depois afasta-o e lança de chofre a pergunta:

— E a sua primeira vez, como foi?

— Só conto se você me contar a sua.

Ela o abraça, escondendo a cabeça em seu peito.

— A minha primeira vez acaba de acontecer.

O coração dele bate acelerado, de comoção, também de medo de ter feito uma besteira. Ele a empurra gentilmente para poder olhá-la nos olhos.

— Não me pareceu — diz.
— Ora, houve um outro, ou dois, mas não tiveram importância.
Ele se sente mais tranqüilizado, mas quer ganhar algum tempo.
— A minha história é muito complicada para contar numa língua que não seja a minha. Porque todas as coisas aconteceram, por assim dizer, na minha língua.
— Conte devagar, então. Se quiser fale em inglês, que não é a minha língua nem a sua — ela diz, em inglês. Eles têm falado o tempo todo em francês e ele prefere continuar nessa língua, talvez por ser mais próxima da sua, das coisas que de repente tem vontade de contar à garota, como se ela fosse uma companheira muito íntima. E, ao mesmo tempo, alguém que ele provavelmente nunca irá rever. Algumas dessas coisas ele nunca organizou em palavras nem para si mesmo.
— Talvez eu devesse dizer que a minha primeira vez foi com madame Zenaide. Mas também posso dizer que a minha primeira vez foi mais de uma.
— Madame Zenaide era uma puta?
— Eu não diria isso.
— O que ela era, então?
— Você está indo depressa demais.
— Perdão — ela diz. — Passe-me por favor a taça.
— Mas beba devagar — ele diz. — Eu era um garoto complicado, cheio de problemas. Passava muito tempo dentro de casa, trancado no quarto ou tocando piano.
— Você se importa de me dizer como era a sua casa?
— Você conhece o Rio de Janeiro, Ipanema?
— Não, só de fotografias.
— O bairro não era tão sufocado como é agora, havia mais casas, mas já era populoso e a maioria das pessoas já morava em apartamentos. Isso tem mais ou menos trinta anos. Minha casa tinha uma arquitetura estranha. Ocupava uma área não muito grande, mas era alta, estreitando-se quanto mais você subia, até o terceiro andar, depois do qual ainda havia um pequeno quarto, um sótão. Onde você mora também tem um sótão?

— Não, no último andar do prédio tem uma água-furtada, mas nós moramos no terceiro.
— Quem esse "nós" significa?
— Meu pai e eu. Minha mãe casou-se com outro homem.
— Vocês moram em que parte de Paris?
— No faubourg Saint-Honoré, conhece?
— Sim, conheço, é muito bom, você não acha?
— Mais ou menos, é um tanto solene, esnobe. De vez em quando vejo homens descendo dos seus carros negros usando chapéus-coco. Era no sótão que ficava o seu piano?
— Não, lá ficavam guardados objetos e coisas antigas, livros velhos, e havia também uma cama estreita. Li Baudelaire aos treze anos e achei que tinha tudo a ver comigo. Minha mãe e minha avó não gostavam muito de entrar no sótão porque foi lá que meu avô morreu. Eu entrava, porque os meninos gostam de lugares onde possam se esconder, sentir um pouco de medo sem se arriscarem de verdade. Mas o piano ficava numa saleta no andar térreo. Era ali que o meu avô tocava e compunha. Minha avó comprou um piano de cauda para ele, para ver se ele parava mais em casa. Foi ela quem herdou a casa de sua família. Mas isso foi antes de eu nascer. Meu avô era um sujeito que usava ternos brancos, está nas fotografias.
— Seu avô também era um pianista famoso?
— Digamos que era bastante popular. Tocava de ouvido, um pouco de tudo, de Chopin até sambas-canção.
— Como é um samba-canção?
— Se houver tempo eu toco um para você. Mas meu avô gostava de tocar e compor sobretudo marchinhas de carnaval.
— Você gostava dele?
— Eu não me lembro muito. Quando ele morreu eu tinha acho que oito anos. E nós só nos mudamos para aquela casa depois disso. Mas uma vez ele me vira brincar ao piano e dissera à minha mãe que eu tinha um ouvido excepcional e iria tornar-me um grande concertista. Minha mãe gostava dele obsessivamente. Aliás, todos gostavam, segundo me contaram, menos o meu pai.

— Por quê?
— Meu pai dizia que ele era um farrista que vivia às custas da mulher.
— E o seu pai, como é que era? Quer dizer, talvez ainda seja.
— Meu pai não tem muita importância nesta história. Mas ele, sim, era um cirurgião famoso. Agora não opera mais porque suas mãos tremem. Os seus dedos também são longos como os de um pianista. Como os meus. De qualquer modo foi uma pessoa muito ausente em minha vida. Na verdade abandonou a minha mãe quando ela quis morar com a minha avó. Disse que não iria morar naquela casa de loucos, mal-assombrada.
— Os cirurgiões são sempre pessoas muito ausentes. — Ela suspira e ri.
— Como é que você sabe?
— O meu pai também é um. Quer dizer, ele é mais um cientista. Ele vai adorar essa coincidência. Você não acha que ela pode significar alguma coisa? Meu pai também tem esses dedos longos, sensíveis.
— Quem sabe? — ele diz pensativo. — Você vai contar ao seu pai o nosso encontro?
— Já contei. Telefonei para René enquanto você tomava banho. Para ele não ficar preocupado. Falei que nós íamos beber champanhe e ele disse: "Que chique".
— Você chama o seu pai de René?
— Por que não? É o nome dele.
— Você ligou para Paris?
— Não, ele está aqui em Chicago. Meu pai veio para um congresso e vim com ele, porque estou de férias. Foi uma forma de nos vermos um pouco mais.
— E ele não se preocupa por você estar comigo aqui?
— Não muito. Disse que era preferível eu estar com um pianista clássico neste hotel do que num desses bares suspeitos cheios de malucos e *gangsters*.
— Não há mais *gangsters* de verdade em Chicago. Mas talvez ele tenha razão. Seu pai conhece este hotel?
— Nós estamos hospedados aqui.

— Você está brincando.
— Quer verificar? Apartamento 1512.
Ele toma dela a taça, levanta-se e puxa a garota pelo braço até a poltrona onde foram atiradas as roupas dela.
— É melhor você ir para o seu quarto.
Ela consegue se soltar e protege com os braços o corpo nu, toda encolhida.
— Me empresta uma camisa — diz.
— Bem, espero que vocês dois saibam o que estão fazendo — ele fala, enquanto se dirige resignadamente ao armário.
— Nós sabemos, fique tranqüilo — ela diz, vestindo sua calcinha. — Meu pai está com uma mulher, com toda certeza. Ele aproveita os congressos para isso.
Quando Flores se volta para ela, trazendo uma camisa listrada, de mangas compridas, dessas que tanto podem ser usadas com um terno como não, a garota acaba de retirar do refrigerador uma lata de coca-cola. É melhor assim, ele pensa.
— Pegue uma para mim também — diz.
A garota ficou adorável vestida com a camisa que a cobre até a altura das coxas. Agora estão sentados no amplo espaço que serve de sala de estar, da suíte, um diante do outro, ela numa poltrona, ele num pequeno sofá, entre eles uma mesa baixa. Na outra poltrona, todo amarfanhado, o vestido dela, com seu tecido leve, sedoso. Ela, com as pernas cruzadas e os pés na mesa, bebe a coca-cola da própria lata. Ele bebe num copo. Ela diz:
— Você não contou como morreu o seu avô.
— É uma história meio engraçada. Minha avó não deixou ele sair de casa para um baile pré-carnavalesco e ele se trancou no sótão com um frasco de lança-perfume.
— O que é lança-perfume?
— Era. Agora está proibido há muito tempo. Era um frasco com éter, com uma pequena válvula de ejetar, que as pessoas compravam durante o Carnaval, principalmente. Os mais inocentes usavam aquilo para lançar éter perfumado geladinho na pele dos outros, nos bailes ou nas ruas. Era até um modo de

homens e mulheres se cortejarem. Outros, como o meu avô, injetavam a substância num lenço para cheirá-la. Provocava uma alucinação fulminante e passageira. No dia seguinte, como o meu avô não saísse do quarto nem respondesse aos chamados, arrombaram a porta e o encontraram morto.

— Deve ter sido horrível, não? Mas por que sua avó não deixou ele sair de casa?

— Quando ele ia a um baile costumava aparecer dias depois, trazido por algum amigo, inteiramente acabado. Aliás, ele já era fraco do coração. Mas, veja bem, nós íamos falar da minha primeira vez, e de madame Zenaide, e terminamos no meu avô.

Michelle está com as pernas dobradas sobre o braço da poltrona:

— Talvez eu não devesse ter perguntado como era a sua casa.

— Não, você fez bem, isso me ajuda a reviver os acontecimentos. E sem aquela casa todos esses acontecimentos teriam sido diferentes. Não haveria o piano, pelo menos não aquele piano com o espírito do meu avô, nem a minha primeira garota, nem madame Zenaide.

— Sinto ciúmes dela. Não de madame Zenaide, mas da garota.

— Não deveria sentir. Porque sem todas essas coisas, principalmente o piano, não haveria o nosso encontro.

— Então continue, por favor.

— Além da casa, havia a rua, que também me marcou muito. Era uma rua nos fundos do bairro, mais próxima de uma lagoa que existe no Rio, que do mar. Não tinha nada a ver com esses cartões-postais de Ipanema. Terminava num morro, uma pedreira, e minha casa era justamente a última, erguida junto ao paredão, fechando a rua. Anos atrás derrubaram parte da pedreira e a casa, para a construção de um grande edifício. Foi melhor assim, porque nunca poderei retificar o cenário que carrego dentro de mim. Todos nós carregamos um, da infância, como é o seu?

— Bom, é o de um subúrbio de Paris, pois René precisava de espaço para as suas experiências. E o que eu mais me lembro é do laboratório, nos fundos da casa, depois do quintal. Havia frascos com líquidos coloridos, outros com cérebros humanos e até uma cabeça inteira. René às vezes me sentava no colo, em frente a ela, e me perguntava coisas deste gênero: "O que será que esse tipo está pensando?".

— Você não tinha medo?

— Nenhum, pois estava acostumada e René me transmitia segurança. Eu chegava a adormecer ali, nos braços dele. Minha mãe ficava furiosa com tudo aquilo. Ah, e havia também os macacos e outros pequenos animais, em cercados no quintal. Eu ficava indignada quando René os usava nas experiências. Depois não resistia à curiosidade e pedia a René para assistir, mas isso ele não deixava.

— Você é uma garota corajosa. Quero saber mais da sua história.

— Isso não durou muito tempo, porque René ganhou sei lá que prêmio e foi trabalhar nos laboratórios oficiais. E nós nos mudamos para a cidade. Foi então que ele se tornou mais ausente.

— E o que aconteceu com você a partir daí?

— Ora, com as garotas de dezesseis anos ainda não aconteceram muitas coisas.

— Bem, as coisas ainda estão acontecendo. Acho extremamente interessantes as coisas que acontecem com as meninas de dezesseis anos.

— Por isso ainda não é hora de contá-las. E lembre-se de que era você quem estava falando da sua casa, sua rua.

— Está certo, continuo. Era portanto um canto à parte, em que eu morava, e um dos efeitos era proporcionar uma boa acústica para o piano. Uma das primeiras lembranças que tenho da vida é eu chegando com a minha mãe para visitar meus avós e, já de longe, ouvíamos meu avô tocando uma canção de Carnaval. Você sabia que existem canções tristes de Carnaval? Marchas lentas, cadenciadas, falando de pierrôs que se vestem de arlequins, de alegria, tudo por amor. Aliás, todos temos um pouco de ambos, não temos?

— Então é como nos Carnavais da Europa.

— Não, é diferente. Se houver tempo eu toco uma marcha dessas para você. De qualquer modo a música do meu avô era assim, o lado mais branco do Carnaval. Acho que o meu avô era um pássaro preso, igual eu fui antes de conhecer madame Zenaide.

— Você acredita que o éter libertava o seu avô.

— Sim, penso que sim. Na cabeça do meu avô, então, devia se passar um baile delicado, com fantasias bonitas, quase elegantes.

— Acho que ele foi a pessoa mais importante na sua vida.

— Entre os homens, com certeza, para o bem e para o mal, embora eu não tivesse tido tempo de conviver muito com ele. Em geral não gosto dos homens, da companhia deles. Para um homem eu não estaria contando essas coisas todas.

— Mas por que você disse "para o bem e para o mal"?

— Porque sem o fantasma dele pairando sobre aquela casa dificilmente eu teria sido um pianista, mas com certeza um menino mais feliz. Minha mãe e minha avó queriam ver cumprida a profecia dele, de que eu seria um pianista clássico. Ao mesmo tempo exageravam nos cuidados comigo, para que eu não morresse como ele, cheirando lança-perfume. Música popular, então, principalmente de Carnaval, nunca. E as aulas da senhorita Olga, minha professora de piano, eram mortificantes. Os meninos da rua tinham razão em me gozar durante aqueles exercícios, me chamar de mulherzinha. Até eu conhecer madame Zenaide.

— Você nunca chega nela.

— Bem, pulando alguns anos para chegar logo nela e no menino que eu fui aos treze, catorze anos, quando fortes perturbações se passavam em seu corpo e seu espírito, vejo sempre esse menino ao piano ou escondido atrás de uma cortina, observando os outros meninos jogando futebol no beco ou reunidos com as meninas, fazendo daquelas brincadeiras que o pessoal dessa idade faz.

— Por que não se juntava a eles?

91

— Nas poucas tentativas que ele fez, pois o vejo na terceira pessoa, não deu certo. Os outros garotos, porque ele era tímido e tocava música clássica, velado por duas mulheres neuróticas e ainda por cima com aquele sobrenome, Flores, o chamavam de Florzinha, passavam-lhe a mão, esse gênero de coisas. Naquele ano, teve até de abandonar o colégio.

— Pobre menino.

Ele percebe que a garota tem um brilho de lágrimas nos olhos e quer consolá-la, como se fosse ela quem houvesse sofrido tudo aquilo. Levanta-se, vai sentar-se no sofá e passa o braço ao redor dos ombros dela:

— Mas tudo tem suas compensações. É dessa época a *Sinfonia da bola n.º 1*.

A garota se anima imediatamente e liberta-se para gesticular, imitando um maestro.

— Ah, eu a ouvi com a Filarmônica de Berlim. Não entendi muito, mas achei-a engraçada. Karajan parecia um malabarista ao regê-la. Um tanto Rick Wakeman. Quando eu era criança achava que os maestros faziam um tremendo esforço para imitar os músicos da orquestra.

— Alguns parecem fazer isso mesmo. Mas Karajan a compreendeu bem. A peça é uma molecagem terrorista nascida do desespero. Eu queria ser jogador de futebol como todos os garotos da minha idade, mas só podia olhar da janela. E uma coisa dentro de mim dizia que se eu tivesse uma oportunidade jogaria melhor do que eles. Enquanto isso, o remédio era jogar musicalmente, com o desejo, a raiva, a teoria, a imaginação. Por outro lado, como o futebol pede uma coisa popular, eu também estava burlando minha mãe e minha avó com aquela composição, o que acabou por determinar todo um estilo. Não sei se você sabe, mas em futebol de rua vale tudo: tabela com os carros estacionados, os muros, não tem impedimento, nada disso. Lateral só quando a bola caía no jardim de uma das casas.

— O que é lateral, impedimento?

— Bom, deixa pra lá, isso não importa. — Agora é Flores quem, de pé, gesticula e mostra com o corpo os lances da composição como se houvesse uma bola ali na sala de estar. — O que importa é que a *Sinfonia da bola n.º 1* é mais ou menos isso: um garoto toma a bola de um adversário, sobe com ela na calçada e, enquanto espera passar um carro, vê por cima deste a colocação dos companheiros. Logo depois dá um passe para alguém sobre o asfalto, que chuta, a bola bate num outro carro, num poste, amassa um arbusto que geme num canteiro da Prefeitura, a defesa do outro time rebate, a bola quase atinge uma janela, a dona da casa se põe a gritar lá de cima, mas a bola já voltou para o garoto no meio da rua, que sou eu mesmo. Mato ela no peito, dou um chapéu num adversário que veio para me quebrar, ponho a bola no chão e vejo tudo: um companheiro bem colocado próximo ao gol deles, que é marcado por algumas pedras colocadas em frente à minha própria casa, onde estou tocando piano, como se eu fosse dois. E aí dou aquele passe longo, de curva, macio, quando a bola parece que nunca vai cair, pois esse trecho dura cinco minutos na sinfonia e é o que ganha o público mais tradicional, que aprecia o belo. Na verdade, o primeiro final que dei, e satisfaria mais a esses e foi tocado na primeira audição, era com o garoto que recebia o passe marcando um gol de cabeça e sendo abraçado pelos companheiros, junto comigo, por causa do meu passe magistral, no meio de gritos de vitória e euforia, apesar da sirene que se ouve ao longe, do carro da polícia que alguém chamou, com certeza a mulher cuja janela quase foi atingida. O outro final, com a bola espatifando a vidraça da minha casa, que acabou por se incorporar definitivamente à composição, só dei depois e, para falar a verdade, aquela vidraça se partiu de dentro para fora da casa. Já o primeiro era uma coisa entusiasmada, juvenil, como um gol da vitória. Adivinha o que aconteceu logo depois da sua primeira audição, que foi *in loco*, para os meninos que de fato estavam jogando bola enquanto eu compunha e tocava simultaneamente lá na saleta do piano?

— Os meninos chamaram você para participar do jogo!

Antônio volta a sentar-se na poltrona onde estivera antes:

— Você é uma otimista, Michelle. Quem dera. Não, quer dizer, olhando agora retrospectivamente, acho que foi melhor assim, pois sem esse fracasso eu provavelmente teria me tornado um desses executivos barrigudos como a maior parte daqueles meninos se tornou, e nem conheceria você. Eu fui vaiado e eles chegaram bem debaixo da minha janela e começaram a entoar em coro: "Florzinha, Florzinha". E se isso seria um bom motivo para eu parar de vez com o piano, na solidão a que estava condenado só me restava continuar, ou então... morrer.

— Eles mal sabiam, hein? Devem ter sido os únicos a vaiar a sinfonia até hoje.

— Ela foi vaiada também em Paris, na Salle Pleyel, mas isso não tem importância, já faz parte da tradição e até me encantou. Aconteceu com Debussy, Satie, Stockhausen e muitos outros, como você deve saber. Mas lá na minha rua foi terrível, uma humilhação.

— Foi por isso que você deu o outro final, o da vidraça?

— Não exatamente. Naquele momento apenas chorei, de raiva, de amargura. Senti uma imensa pena de mim mesmo e odiei minha mãe e minha avó, por tudo o que haviam feito de mim. Odiei também meu pai, por sua ausência, e até o meu avô, por ser um morto-vivo naquela casa. É dessa época o meu *Diurno n.º 1*, composto com os punhos cerrados, os nós dos dedos, verdadeiros socos nas teclas. Curioso como a criação pode nascer também dos sentimentos destrutivos. Mas a verdade final é que só não parei com o piano, naquela época, porque, para além do desespero, eu estava apaixonado. A princípio platonicamente, e, depois de certo acontecimento, com o meu corpo em brasa. A menina se chamava Estela.

Michelle se levanta abruptamente, mal conseguindo esconder a raiva, e se dirige à mesa onde está o balde com a garrafa de champanhe. Serve-se de uma dose que transborda e, no gesto de curvar-se, deixa ver a calcinha. Se ela não tivesse dezesseis anos, Antônio a enlaçaria por trás, como faria com uma daquelas mulheres com o nariz empinado que achavam o máximo dar para ele, do jeito que fosse. Mulheres metidas a aristocratas dizendo "me fode" e depois contando para as amigas que haviam sido comidas por Antônio Flores. Mulheres que jamais se deitariam com um latino se não se tratasse de um pianista famoso.

Michelle volta a sentar-se na poltrona, derramando champanhe na camisa. Como se fosse por isso, desabotoa os seus botões, deixando entrever os seios. Antônio sabe que ela faz isso para competir com Estela. Ele está excitado, mas procura manter o ritmo e a neutralidade de sua narrativa.

— É dessa época a *Sonata atlântica*. Aliás, quase tudo o que compus foi na adolescência; depois me limitei a comentar as peças, sobretudo de outros compositores, divagar sobre elas ao piano. Você sabia disso?

— Não, eu não sabia — ela diz secamente, o rosto pálido.

— Você quer que eu pare?

— Não, de jeito nenhum. Quero ouvir até o fim.

— A sonata é atlântica porque o mar, apesar de invisível ali nos fundos do bairro, impregnava toda a atmosfera, inclusive a daqueles que, como eu, viviam enterrados ainda mais profundamente. E eu não tinha coragem de me declarar a Estela, a não ser através do piano.

— Mas, e as vaias?

Ele percebe que ela ainda está meio ressentida, mas é preciso prosseguir, como um acontecimento que se produz agora e ele não pode estancar. Fala como que para si mesmo, novamente na terceira pessoa:

— Um menino solitário observa atentamente as coisas. E ele notava que as meninas amadureciam primeiro que os meninos e, se estes o ridicularizavam, até por despeito, como veio depois a entender, mais de uma vez vira uma ou outra lançar olhares interessados para a sua janela, quando ele acabava de tocar e vinha postar-se atrás da cortina. Como se elas quisessem mais, principalmente Estela, que às vezes ele julgava perceber, e queria crer nisso, que se destacava um pouco do grupo para estar mais próxima da casa dele e portanto da música.

Antônio vê que Michelle não tocou mais na champanhe — fora só um gesto de rebeldia — e, deixando a taça na mesinha, escuta com os olhos fixos nele, que prossegue:

— Então ele começa a insinuar a ela um código: toda vez que a garota está presente, ele corre ao piano e toca a *Sonata atlântica*, que está compondo para ela. Quando a garota não está presente, ele toca alguma música de outro autor ou um daqueles exercícios rotineiros que irritam os garotos ou mesmo as meninas. De vez em quando ele interrompe a composição para ver se Estela chegou. Se chegou, ele passa à *Sonata*. Se não chegou, ele até pára de tocar. Até que Estela começa a dar sinais de entender aquele código, respondendo a ele de forma inequívoca, afastando-se ou aproximando-se de acordo com o fato de a composição executada ser a *Sonata atlântica* ou não. E, certa vez, logo depois do anoitecer, quando a turma toda já se recolhera às suas casas para jantar, ela vem sentar-se no meio-fio da calçada bem em frente à janela da saleta. Então ele senta-se ao piano e toca a *Sonata* do princípio ao fim, sem pressa, deixando as notas fluírem suavemente até a última delas que, pisando no pedal, ele ainda faz vibrar no tempo. Depois se levanta, chega à janela, olha para a rua e lá está Estela, olhando diretamente para ele, pois de algum modo sabe que ele espia por uma fresta da cortina. Ela então faz um sinal para que ele abra a cortina, a janela, tudo.

Flores faz uma pausa e observa Michelle à sua frente, totalmente absorvida. Ela há muito já cruzou as pernas, ajeitou-se na poltrona, como se devesse compor-se para aquela história de um amor puro e adolescente.

— E o menino obedece sem hesitação — ele finalmente solta. — "Que lua, hein?", é a primeira coisa que ela lhe diz. Nunca mais vou me esquecer disso. "É mesmo", o garoto fala, olhando para cima. E, de fato, é uma daquelas luas enormes, alaranjadas, uma coisa comum lá no Rio. "Por que você não vem cá fora ver?", ela pergunta. Ele sai ofegante de casa e vai juntar-se a ela no meio-fio. Por timidez, senta-se um pouco afastado de Estela, mas logo ela dá um jeito de aproximar-se, não a ponto de os corpos se tocarem, mas perto disso, com as peles, os cabelinhos dos braços, passando uma descarga elétrica de um para o outro. "Bonita essa música que você tocou", ela diz, sabendo com certeza que foi em sua homenagem. "Obrigado", ele fala, sem coragem de deixar claro que a música é dele. Dele para ela. Na verdade, mal tem coragem de falar e, muito menos, de olhar para ela. Para ter alguma coisa que fazer com as mãos, pega um graveto, pois há muitas árvores naquela rua, e fica traçando riscos imaginários no asfalto, aproveitando para que o seu braço roce quase imperceptivelmente no braço de Estela. De repente, ela dá um grito, agarra-se a ele e aponta para um lugar qualquer na calçada: "Uma barata!". Ele dá um tempo mínimo, para que ela fique um pouco mais agarrada a ele, mas depois é obrigado a levantar-se para ir lá matar a barata, como um cavalheiro. Não vê barata nenhuma e fica procurando, sem encontrar. Depois se volta para Estela e, pela primeira vez, olha diretamente nos olhos dela, que sorri maliciosamente. "Bom, agora tenho que ir jantar", ela diz. "Tchau." E, antes que ele possa se recuperar de tudo o que lhe aconteceu nesses últimos minutos, que foram os mais emocionantes da sua vida, ela lhe dá as costas e sai correndo, com aquele jeito estabanado que ele já notara lá da janela. Antes de desaparecer na esquina da próxima rua, onde talvez more, ela pára por um instante e olha para trás. Não acena, não faz nada, apenas olha. E logo depois some de vista.

Flores se levanta, como se necessariamente devesse haver um intervalo nessa parte da sua narrativa. Atravessa a sala da suíte, entra no quarto e, a seguir, no banheiro, não se preocupando em fechar a porta, porque dali não forneceria um ângulo de visão a Michelle.

Porém Michelle veio atrás dele um instante depois e sentou-se na cama. Traz na mão a taça com champanhe. Dali pode ver Antônio.

— Posso lhe dizer uma coisa? — ela pergunta, elevando a voz.

Ele se sobressalta, mas logo sente uma excitação juvenil pelo fato da garota partilhar assim de sua intimidade.

— O que quiser — diz.

— Acho incrível ver um homem como Antônio Flores fazendo xixi.

Ele ri:

— Os pianistas deveriam ser diferentes dos outros homens?

— Os compositores e pianistas clássicos parecem pairar sobre os mortais, como se neles já prevalecesse a alma.

— Mas não pairam. Talvez a música, sim, paire sobre todos, mas só depois de criada, quando se separa de nós. Antes é fecundação e também é matemática, física, exercício, dor, o cotidiano e um tédio pegajoso, até que a mente e os dedos se tornem leves. Algo assim.

Enquanto ele falava, só por falar, sem a menor certeza de que a música é realmente isso, Michelle entrou no banheiro. Flores já terminou e agora é a vez de Michelle sentar-se para fazer xixi. Segura ainda a taça com champanhe. Flores lava as mãos e observa Michelle pelo espelho. Ela está mais menina do que nunca, cândida, com a calcinha nos joelhos. Toma um gole ínfimo de champanhe e sorri para Antônio.

— E então? — ela diz.

— Então o quê?

— O que aconteceu depois que Estela sumiu na noite?

— Ah, sim — ele diz, olhando para si próprio no espelho. Tenta restabelecer o elo entre aquele que se vê ali e o outro de quem está falando. Ele mesmo há trinta anos. A cicatriz na testa é esse elo. E as figuras de Michelle e Estela se confundem em madame Zenaide, na profecia de madame Zenaide. Seu coração bate forte. Estela usa o bidê e ele senta-se na borda da banheira. Pensa em como teria se exaltado, então, se houvesse compartilhado com Estela uma intimidade assim, um momento que o teria acompanhado por toda a vida.

— O amor, como você sabe, transforma até as menores coisas. Falo do amor correspondido, é claro. Mas como descrever a felicidade? Naquela noite, à mesa do jantar, embora eu não lhes houvesse dito nada, minha mãe e minha avó perceberam a transformação em mim. Talvez pelo modo de eu conversar com entusiasmo sobre as coisas mais banais, comer com apetite e, principalmente, creio, por eu ter deixado a janela da saleta inteiramente aberta. As duas se entreolhavam e sorriam apenas com os olhos, com medo de que qualquer gesto ou comentário interferisse no meu estado de espírito. E também não tentaram me demover, como às vezes faziam, quando fui me fechar no sótão. A janela de lá não dava para a rua e sim para a pedreira nos fundos da casa. Mas era como se eu não quisesse desfazer a cena vivida, revendo a rua, e sim vivendo-a interiormente. E tudo na noite me levava a Estela, ao momento em que nos sentáramos no meio-fio, ao breve instante em que o seu corpo se agarrara ao meu, ao significado daquele gesto. Quando desci para o meu quarto, no terceiro andar, ela continuava presa a mim, mas o melhor de tudo foi que, ao acordar no meio da noite, e depois na manhã seguinte, quando já ia enfiar-me na pele habitual do menino triste, de repente me lembrava de Estela e imediatamente eu era outra pessoa.

Antônio interrompe a narrativa com um suspiro triste e pede a Michelle que lhe passe a taça. Ela aproveita para levantar-se do bidê, onde continuava sentada, absorta na história dele.

— Mas essa champanhe está quente — ele diz, levantando-se para entorná-la na pia. Depois dá a mão à garota e a conduz até a sala, onde torna a encher a taça. Michelle sentou-se no sofá, Flores toma um gole, deixa a taça sobre o piano e permanece de pé, inquieto. — Na tarde seguinte, como minha avó amanhecesse muito indisposta, a aula com a senhorita Olga foi suspensa, embora eu estivesse inclinado a passar alegremente por aquela provação, até mesmo para preencher o dia. De modo que tive de suportar os sentimentos que transbordavam em mim sem tocar no piano, coisa que reservava para a hora do anoitecer, estivesse minha avó doente ou não. Pois entendia que se Estela estivesse de fato interessada em mim voltaria naquela hora em que a turma provavelmente não se encontraria na rua. Mas, talvez por toda essa expectativa, e eu não conseguia me concentrar em livro algum, uma inquietação começou a tomar conta de mim como um mau presságio, fortificado por um calor abafado e nuvens negras que se formavam, e também pela preocupação de minha mãe com minha avó, que estava com febre alta. Com o egoísmo dos apaixonados eu via naquela doença súbita um obstáculo colocado intencionalmente ao meu amor e estava decidido a tocar a *Sonata* a qualquer custo.

Inadvertidamente, Flores sentou-se ao piano e, com uma das mãos, o rosto voltado para Michelle, tocou alguns acordes daquilo que poderia ser tomado como a *Sonata atlântica*, mas já num outro contexto, de forma quase casual, depois que todas as coisas que ele narra já terão ocorrido. Quando pára, o silêncio na suíte parece pesar.

— Não nego que foi com certa impaciência, atropeladamente, sem o sentimento adequado, talvez até com alguma raiva e culpa, que toquei durante aquele crepúsculo, mas duvido que isso tenha interferido no que aconteceu a seguir. Lembro-me como se fosse agora de que, ao tocar a última nota, o canto das cigarras, nessa época do ano em que findava o verão, emendou-se à minha música, como um coro trágico e solene. Meu coração batia forte e eu suava, quando, de um salto, alcancei meu posto de observação atrás da cortina que, por prudência e pudor, eu deixara apenas entreaberta.

Flores se levanta, toma um gole longo de champanhe e volta a falar, agitado:

— Estela não se encontrava lá. Acometido de uma raiva intensa, como se o simples tocar dos meus dedos nas teclas devesse tê-la materializado na calçada exatamente como na véspera, retornei ao piano e martelei com fúria um trecho da *Sonata*. Minha mãe surgiu no alto da escada e lançou-me um olhar inquieto, também de reprovação, por causa de minha avó. Fiz um sinal para que ela me deixasse em paz e bati com força a tampa do piano. Voltei à janela e, dessa vez, abri a cortina de lado a lado. Estela não aparecera. Escurecia rapidamente e o meu olhar percorreu a rua, até se fixar num carro estacionado bem mais adiante, contra o qual dois vultos se abraçavam e se beijavam. Meu coração disparou já diante da simples possibilidade de que pudesse ser quem eu temia. E quando os corpos se afastaram para o casal se olhar bem nos olhos, como costumam fazer os enamorados, não tive dificuldades em reconhecer Estela, cujos menores gestos eu aprendera a identificar. É difícil traduzir em palavras os sentimentos que tomaram conta de mim, que pertenciam muito mais à totalidade do ser do que a certas partes que eu possa separar. Era mais do que o ciúme, do que a consciência de uma perda, de um fracasso. Era um sentir-se apunhalado sem piedade. Mas nem isso explica o que senti, porque era também o arrebentar de uma ferida que eu carregava havia muito dentro de mim, um ferimento tão profundo que, naquele momento, eu só queria aprofundá-lo, ver mais e mais. Queria que o outro rapaz possuísse Estela ali às minhas vistas, para que o meu aniquilamento fosse completo e definitivo.

— E ele a possuiu?

— Não, naquela época as coisas não eram tão fáceis assim. Mas, também por isso, qualquer toque no corpo de uma garota era o desfrutar de um mistério ainda mais absoluto. E, apesar do que fiz a seguir ter sido um gesto totalmente impensado, vejo que era a única forma de absorver aqueles sentimentos, a dor que eu não era capaz de encaixar: transformar aquilo num ferimento concreto em minha carne. Fechei então a vidraça de um só golpe e lancei minha testa contra ela.

Num gesto inconsciente, Flores passa a mão na cicatriz em sua testa:

— Lembro-me nitidamente do som dos estilhaços de vidro caindo na calçada e ainda de, olhando para lá, ter visto uma barata que saía do ralo da rua, talvez pressentindo a chuva que logo depois desabou entre trovoadas e raios. "A barata de Estela", cheguei a pensar. E, por um desses segredos da criação, foi naquele momento mesmo, antes de eu desmaiar, que o final da *Sinfonia da bola n.º 1* se desenhou por si próprio: a vidraça se partindo de dentro para fora da casa, o que acabei por citar também na *Sonata atlântica*, num breve estilhaçar-se dos teclados, pois minhas composições fazem referências umas às outras, tirando o fato de que tenho uma tendência sincera ao anedótico e ao melodrama. Meus críticos, aliás, vivem apontando isso, com razão. E os que possuírem o ouvido apuradíssimo escutarão, na *Sinfonia*, o andar sorrateiro e tenebroso de uma barata nos esgotos da alma, que escrevi para a percussão, mais particularmente uma escova roçando um tambor. Na verdade, ninguém havia prestado atenção a esse detalhe antes de Sergiu Celibidache destacá-lo, reduzindo os outros instrumentos a um fundo quase silencioso, em sua regência da *Sinfonia* com a Filarmônica de Munique.

Flores subitamente se dá conta de que Michelle, trêmula e muito pálida, com um brilho no olhar voltado para dentro de si mesma, se oferece a ele no sofá.

— Venha — ela diz, com uma voz que se distancia, se recolhe a um lugar muito recôndito. — Faz comigo tudo o que você desejou fazer com Estela.

Flores está deitado de costas no carpete e Michelle adormeceu no sofá. Flores sente fome e pensa num daqueles burgers americanos cheios de coisas dentro e mais batatas fritas. Levanta-se e vai ao telefone com a intenção de fazer o pedido à copa: dois burgers completos, além de sucos de laranja. Quer fazer uma surpresa a Michelle.

No aparelho está acesa uma luzinha a avisar que há algum recado para o quarto e Antônio resolve conferir. A telefonista lhe diz que o sr. René, do 1512, pediu que fosse informado quando pudesse ligar sem causar incômodos. Antônio diz que o sr. René pode ligar agora mesmo.

O pianista chega até o armário e pega uma calça e uma camisa velhas e folgadas. Sentir-se-ia incomodado de falar nu com o pai de Michelle — e aquele robe o fazia sentir-se meio Julio Iglesias seduzindo uma garota com champanhe. O telefone toca. Uma voz masculina falando um mau inglês com indiscutível sotaque francês diz:

— Boa noite. Gostaria de falar com Michelle. Sou René.

— Muito prazer, senhor René. Sou Antônio Flores. Michelle está dormindo, quer que a acorde?
— Não, não é preciso. Ela está bem?
— Perdoe-me o lugar-comum, mas ela dorme como um anjo.
— O quê?
Flores repete a coisa em francês.
— Ah, imagino — diz René na sua língua. — Desculpe-me tê-lo incomodado, senhor Flores. Mas tive o cuidado de pedir à telefonista que me avisasse quando partisse daí algum sinal de vida.
Flores prossegue em francês:
— Não é nenhum incômodo, senhor René. E pode me chamar de Antônio. O senhor está preocupado com alguma coisa?
— É que estou aqui com a doutora Dorothy e ficaria um tanto constrangido se Michelle entrasse no momento errado. Ela tem outra chave. Se for descer gostaria de ser avisado antes. E também não me trate de senhor. Você acha que Michelle dormirá aí?
— Na verdade não perguntei a ela, René. Mas pensei em pedir cheeseburgers ou algo semelhante para nós. E também batatas fritas. Na América, como os americanos.
— Você faz bem, Antônio. Michelle às vezes faz um certo gênero com esse negócio de champanhe, caviar, mas no fundo gosta é dessas bobagens como todas as garotas. Aliás, eu também.
— Quantos anos você tem, René?
— Quarenta e dois, e você?
— Quarenta e quatro. Michelle teria ciúmes de você com a doutora Dorothy?
Na verdade, o que Flores gostaria de saber é se René tem ciúmes de Michelle com ele, coisa de que o telefonema pode ser um indício.
— Jogamos aberto eu e ela — diz René. — Mas não penso que deva haver promiscuidade, você não acha, Antônio?
— Creio que sim. Você e Michelle estão no mesmo quarto?
— Sim, é mais barato e a diária de Michelle sou eu quem está pagando. E a doutora Dorothy está nua, compreende?

— Claro. Ela também dorme como um anjo?
— Não, nada de anjo. Se me permite, a doutora Dorothy está deitada de bruços e se esfrega no tapete para me provocar. E pode acreditar que ela consegue isso. Ela tem uma bunda magnífica, Antônio. Esses congressos são uma loucura. Enquanto as pessoas fazem aquelas comunicações malucas todos olham para os relógios esperando a hora de beber e de trepar. Eu e a doutora Dorothy, por exemplo, já demos duas hoje.

Flores ouve um barulho de gelo sendo mexido num copo do outro lado da linha. Pensa que ele e Michelle também já deram duas hoje, mas não vai dizer isso ao próprio pai da garota, que parece bêbado, mas não demais.

— A doutora Dorothy não se importa que você me revele essas coisas, René?
— Nem um pouco, Antônio. Ela se mostra encantada com isso. Vou lhe contar uma coisa. A doutora Dorothy acaba de se virar para que eu a veja inteira e ri gostosamente. Ela também está com um copo de uísque na mão. Seus pentelhos são ruivos, como aliás ela toda, e isso me dá um tesão incrível.
— Ela entende bem francês, René?
— O suficiente. Aprendeu com um diretor de cinema há vários anos. Mas esse tipo de coisa de que estamos falando ela compreende mais do que tudo. Tenho certeza de que o diretor de cinema comeu ela, mas ela diz que não está autorizada a falar sobre isso, o que não deixa de ser uma confirmação.
— Qual é o problema? O diretor era casado?
— Naquela época não sei. E tanto ele quanto Dorothy já se casaram algumas vezes. Mas o problema não era esse. O fato é que Dorothy o analisou por um breve tempo, essa é a questão. O cara a liberou para contar praticamente tudo em palestras, artigos, mas suponho que isso não estava no script, se se pode falar assim.
— Ah, entendi. Dorothy é uma psicanalista.
— Correto.
— Vocês se conheceram no congresso?
— Fisicamente sim. Mas antes trocamos algumas informações por correspondência e telefonemas, instigados pelo caso

Godard, pois ambos fizéramos experiências com ele, se não foi o contrário. E agora, no congresso, pudemos travar algumas discussões estimulantes, tomando como base essas experiências. Enquanto eu penso que as emoções e sentimentos, o desejo, a arte e tudo o mais, inclusive a música, estão localizados em redutos bem precisos no cérebro, que se comunicam entre si, apesar de ainda não os conhecermos bem a todos, Dorothy crê que os produtos desses chips, digamos assim, acabam por adquirir independência da fonte de energia primordial, como um filho que sai do útero da mãe. Só falta Dorothy dizer que acredita na autonomia do espírito, o que você acha?

— Francamente não me arrisco a um palpite. Quer dizer então que o diretor de cinema era Godard?

— Correto. Você gosta dele?

— Ele usa bem a música no cinema. E você, gosta?

— Francamente prefiro os faroestes.

— E Godard, o que acha?

— Acha do quê, dos faroestes?

— Dos pontos de vista, seu e o de Dorothy?

— Godard se manteve eqüidistante e serviu-se de ambos. Mas um artista pode se permitir esse grau de ambigüidade e indefinição. Um cientista não. Pelo menos não é o que se espera dele.

— Godard veio aos Estados Unidos para se tratar com Dorothy ou ela estava na França?

— Na verdade Godard não veio se tratar. Ele estava em Las Vegas para fazer um filme.

— Não vai me dizer que Dorothy clinica em Las Vegas?

— Sim, e é uma coisa maluca, porque quase todos os seus clientes estão em trânsito, embora alguns fiquem por mais tempo para prosseguir com o tratamento. Ou então continuam a fazê-lo pelo telefone, mas aí só os muito ricos, porque além do preço astronômico das consultas há a conta telefônica, compreende? Dorothy já conseguiu evitar não sei quantos suicídios. Aliás, ela própria foi a Las Vegas de férias. Como perdeu muito dinheiro no jogo, foi ficando por ali, para recuperá-lo dessa forma. Nunca mais jogou.

— Como Godard chegou até ela? Por acaso perdeu o dinheiro da produção nos cassinos?

— Por que você não pergunta à própria Dorothy? Ela está me fazendo sinais de que deseja falar com você.

Antes que Flores possa dizer alguma coisa, o aparelho lá no 1512 já mudou de mãos.

— Você também está nu, Antônio?

Dorothy tem uma voz meio rouca, com um sotaque da Pensilvânia, é o que indica o ouvido apurado do pianista. Flores se sente excitado por ela estar nua do outro lado da linha.

— Para falar a verdade, não — ele diz, quase como se pedisse desculpas por isso. — Pus uma das roupas velhas que sempre carrego comigo para me sentir em casa em qualquer lugar.

— Isso é uma boa coisa, Antônio.

— René estava me falando da clientela que você tem em Las Vegas. Eu também estou sempre em trânsito, Dorothy.

— De certa forma todos nós estamos. Está gostando de Chicago, Antônio?

— Bem, pelo menos daqui de cima estou. E depois há Michelle. Foi uma boa surpresa quando ela foi me ver no camarim. Você a conhece, Dorothy?

— Temos almoçado juntos, nós três. Depois, enquanto René e eu comparecemos às sessões do congresso, aos coquetéis, ela vai aos museus, ao teatro, foi ao seu concerto. É uma boa garota, com uma educação refinada. Também é meio fixada em René, mas isso é da idade. No fundo, quer que René seja feliz, desde que ela não se sinta excluída. O que ela está fazendo agora?

— Ela dorme. Pensei em pedir alguns burgers com batatas fritas e milk-shakes ou sucos de laranja para nós, mas antes René pediu linha.

— Burgers com tudo isso também são uma boa coisa, Antônio. Quer que eu desligue para você fazer o pedido?

— Não, agora não, Dorothy. Estou gostando de falar com você e não quero desmanchar a visão que tenho de Michelle no sofá.

— Ela está nua, Antônio?

— Sim, está, e é bom vê-la assim sem pressa, como um quadro que poderei carregar em minha memória para sempre, embora as lembranças muitas vezes doam. Os seios pequeninos, o corpo magro, a brancura da pele, a penugem do sexo aparadinha. Quando a gente faz amor está muito colado um ao outro, não tem a distância necessária.

— Assim você me excita, Antônio.

— Você é um pouco lésbica, Dorothy?

— Não, não creio, o que me excita é o modo como você fala.

— Bem, é indescritível, pois há também a respiração pausada do sono, o que se passa no interior da mente adormecida e se reflete de algum modo no rosto. Posso lhe confessar uma coisa, Dorothy?

— O que você quiser.

— Tudo isso fica melhor ainda podendo falar simultaneamente com uma mulher como você, nua do outro lado da linha. Uma mulher completa a outra, compreende? E contando as coisas é como se elas adquirissem uma existência mais real.

— Você é muito amável, Antônio.

— Obrigado, Dorothy. Hoje é uma noite muito especial, de encontros. Encontros também do presente com o passado, pois Michelle me solicitou a falar de muitas coisas. Será apenas o acaso, Dorothy, ou tinha de acontecer isso?

— É uma boa pergunta, Antônio. Você já foi psicanalisado?

— Não, nunca. Talvez não seja o meu caso. Fiz uma consulta definitiva, certa vez, com madame Zenaide.

— O nome sugere o de alguma cartomante.

— Ela era mais do que isso.

— Agora fiquei curiosa. Você se importaria de falar um pouco mais sobre isso?

— Gostaria muito, Dorothy, mas contei parte da história a Michelle e, antes que pudesse terminá-la, bem, nós trepamos e ela adormeceu. Se eu contar o resto para você agora, a história estará gasta, pelo menos por algum tempo, e não poderei concluí-la adequadamente para Michelle, se ela ainda estiver interessada ao despertar.

— Os meus clientes em Vegas vivem me contando histórias pela metade porque não há tempo. Aliás, mesmo fora de Vegas nunca há tempo para a história inteira. Mas penso que você faz bem, Antônio. Talvez Michelle se sentisse excluída.
— Talvez eu possa contar a história para você de algum outro lugar, quem sabe de Tóquio mesmo.
— Você está indo para Tóquio, Antônio?
— Meu vôo parte às dez horas da manhã.
— Está contente com a viagem?
— Já estive lá antes. Os japoneses me confundem. São ouvintes atentíssimos, mas às vezes desconfio que não estão entendendo coisa alguma da minha música. Ou que estão embarcando numa outra viagem, só deles.
— Não acha interessante isso?
— Acho, mas gostaria de conhecer melhor a viagem em que estão embarcando. A expressão deles é polida e indecifrável. Às vezes tenho a sensação de estar completamente por fora naquele país, de ser um primitivo diante de toda aquela tecnologia deles, aqueles sintetizadores de última geração. Na maioria dos casos sai um pastiche idiota, do Ocidente ou deles mesmos. Mas isso pode mudar e talvez os japoneses encontrem um novo caminho para a música. De qualquer modo gosto muito de Tóquio à noite, vista do alto, os anúncios luminosos se mexendo em silêncio com a bela escrita deles, quem sabe uma nova forma de Buda se manifestar. — Flores ri. — De dia tem gente demais, eu fico nervoso, tenho vontade de voltar para casa. Porém minha casa não existe mais.
— Você não é casado?
— Já fui. Minha carreira não combina com isso nem com filhos. Nunca tive um. Ou talvez a carreira seja uma boa desculpa para permanecer eu mesmo a criança, com todas as suas fantasias. E um artista pode sempre materializar tais fantasias. A casa a que me referi é uma casa da infância e adolescência. Estou cansado de estar em trânsito, Dorothy.
— Por que não faz uma visita a Nara ou Kioto? Talvez encontre lá o que procura dentro de você mesmo.

— Você já esteve lá, Dorothy?
— Não, nunca, mas as pessoas falam sempre nessas cidades, nos templos e mosteiros, esse tipo de coisa.
— Já tentei isso, fica intencional demais, não funciona. Fico com a impressão de que Buda ri na minha cara. Desta vez, talvez experimente passar uma noite num motel-cápsula. Quem sabe é o lugar ideal para meditar, talvez até para compor, o que não faço há muito tempo. Talvez eu possa telefonar da própria cápsula para você e contar dela a história de madame Zenaide. Isso se você continuar interessada.
— Continuarei, com certeza. Tem papel e caneta aí, para eu lhe dar meu telefone?
— Tenho, do próprio hotel, aqui na mesa.
Dorothy dita vários algarismos:
— Este é o número da minha casa. Se calcular corretamente o fuso horário, me encontrará à noite. A minha noite, quero dizer. Isso se você também continuar interessado. Se não estiver se afogando numa xoxota oriental, absoluta e definitiva — Dorothy ri.
— Esse é um pensamento seu, Dorothy.
— De qualquer modo a história que você contar de Tóquio já não será a mesma história, principalmente se a tiver esgotado com Michelle. Mas poderemos falar também de outras coisas.
— Eu adoraria. Nesse caso, pedirei a Michelle que conte a história de madame Zenaide para você. Se ela não se incomodar, é claro.
— Tenho as minhas dúvidas. E será a versão dela, mas gostaria de ouvi-la assim mesmo. Esse negócio de gastar uma história me faz lembrar de alguém.
— Godard?
— Como você adivinhou?
— Isso se parece com ele. Acho que já li qualquer coisa a respeito numa entrevista dele. Depois de contar ao jornalista a sinopse de um filme, Godard disse que perdera a vontade de fazê-lo.

109

— Você gosta dos filmes dele, Antônio?
— Gosto muito da música. Não, pensando melhor, gosto também das imagens e das palavras, talvez de cada coisa isoladamente, pois em seus filmes muitas vezes cada linguagem parece autônoma. Às vezes gosto mais ainda quando vou dormir e fico pensando no filme, do qual posso ter saído na metade. Suponho que isso possa acontecer também com alguns ouvintes da minha música. Há um filme de Godard em que um pianista toca uma peça de Mozart numa oficina de caminhões e tratores à beira de uma estrada.
— É bonito isso, Antônio.
— O que ele estava filmando em *Vegas*, como você diz?
— Bem, a princípio *O jogador*, de Dostoievski.
— Escolheu o lugar adequado, sem dúvida. E como foi que vocês se conheceram?
— É uma história um tanto complicada. Você tem tempo?
— Enquanto Michelle estiver dormindo, sim. Mas René não ficará impaciente?
— René está deitado na banheira. Daqui posso ver as pernas dele.
— Não tem medo de que ele se afogue bêbado?
— Isso é um pensamento seu, Antônio. E daqui posso ver também a fumaça do charuto que ele está fumando. Mas tentarei ser breve porque a noite avança.
— Sou todo ouvidos, Dorothy.
— Bem, você sabe como é Godard, sempre querendo pôr uma porção de idéias num só filme, e por isso nunca parte de um roteiro fechado, definitivo. No caso, ele me disse que o que desejara, a princípio, fora filmar numa cidade artificial onde todo mundo se encontrasse desenraizado. A solidão radical do homem contemporâneo, que era como ele se sentia quando não estava filmando ou amando, coisas que costumavam vir juntas para ele. Las Vegas surgiu então como uma hipótese, que logo ganhou força porque, junto com Vegas, saltou numa conexão de chips em seu cérebro, como diria René, *O jogador*, de Dostoievski, autor que ele amava e sempre quisera filmar, secreta-

mente. Além disso havia o deserto, imagem que sempre seduziu certos homens de gênio, artístico ou religioso, porque é, pelo menos em tese, o espaço onde se pode defrontar com a mente pura. Godard me disse que exultou quando a idéia de realizar *O jogador*, em Vegas, elegeu-se por si própria em sua mente, entre todas as outras com as quais poderia fazer um filme, numa série infinita de combinações. E ele sempre procurava criar obras que contivessem o maior número possível dessas combinações. E ali, em Nevada, ele tinha não só o deserto mas também o grande oásis que é Las Vegas, uma verdadeira miragem de luzes, hotéis de luxo, milionários, *gangsters*, lutas de boxe, mafiosos, champanhe, mulheres bonitas, música, espetáculo, sexo. Além de tudo, era o cenário perfeito para a paixão de Alexis Ivanovich, o tudo ou nada do homem dostoievskiano, o fausto ou a pobreza absoluta, a perda total do ego atormentado na mulher amada ou no jogo.

— E como ele chegou até você, Dorothy?

— Godard tinha vindo na frente, apenas com sua assistente, esperando para chamar o resto da equipe quando saísse o dinheiro da produção, do qual lhe adiantaram apenas uma pequena parte para os seus gastos pessoais nos Estados Unidos. Enquanto isso não acontecia, ele e a assistente escolhiam locações, conversavam com as pessoas, iam aos cassinos para ver como funcionavam, faziam anotações. E o meu nome surgiu naturalmente, em conversas com jogadores, gerentes de hotéis e de cassinos, crupiês, freqüentadores assíduos de Vegas. As pessoas falavam de mim como a analista de plantão, a última instância do jogo, quando este parecia irremediavelmente perdido. E, na verdade, para muita gente é justamente aí que as coisas começam de fato, a aquisição de uma consciência, inclusive de que a vontade de perder tudo pode ser tão grande quanto a de ganhar, entre aqueles que procuram a roleta, o bacará, o resto todo. Levando isso para o plano de Dostoievski, trata-se sempre da busca de um absoluto, compreende?

— Perfeitamente.

— Godard então me procurou e quis saber se eu estava disposta a prestar um pequeno depoimento em seu filme. Você bem sabe que ele fez isso em várias obras, pôs diretores falando sobre cinema, intelectuais discorrendo sobre política e outros assuntos. Vou lhe confessar também uma coisa: Godard ficou seduzido, cinematograficamente falando, ao perceber que o meu inglês tinha uma dicção semelhante à de Grace Kelly, pois também sou de Filadélfia. Mas, voltando ao que interessa, em nosso segundo encontro a conversa já evoluíra para uma discussão da personalidade de Alexis Ivanovich e, por conseqüência, do próprio Dostoievski. Concordamos que o que Dostoievski fazia era isolar radicalmente certas características opostas que coexistem, para formar uma resultante aceitável, em todos os seres humanos, como santidade e malignidade, razão e instinto, malícia e pureza, ambição e desprendimento, para dotar muitas das suas personagens por inteiro com uma delas, como no caso de Stravoguine, que busca o mal por princípio em *Os possessos*, ou de Aliocha Karamazov, no extremo oposto, da pureza e santidade, em *Os irmãos Karamazov*. E mesmo naqueles em que os opostos convivem, como Dimitri Karamazov ou o próprio Alexis Ivanovich, tal ambigüidade se apresenta de forma exemplar e extremada, fazendo a personagem pender radicalmente ora para um lado ora para o outro. Godard e eu comentamos que não era de admirar que o criador de tais figuras caísse eletrizado por ataques.

— E o próprio Godard, não era analisado?

— Bom, a idéia de Godard submeter-se ele próprio a uma espécie de análise só surgiu quando os problemas da produção se agravaram, o dinheiro não chegava e talvez não chegasse nunca, e ele foi ficando deprimido.

— Ele não jogava nos cassinos?

— Jogava um pouco só para ver como é que era, por causa do filme, mas lhe faltava a paixão por isso e era até avarento com o dinheiro, pois o seu verdadeiro jogo, a sua paixão, era o cinema. De todo modo, a sua última instância, ali em Vegas, só podia ser eu mesma, sobretudo depois que a assistente dele,

Ulrike, que naturalmente era também sua amante, voltou para a Alemanha, não sem antes bater na minha porta para dizer que eu era uma puta disfarçada.

— Oh, e como você reagiu?

— Só não soltei uma gargalhada porque a moça já estava à beira de um ataque de nervos. Mas tanto eu como Godard sabíamos que ele e a moça só podiam estar apaixonados um pelo outro se existisse um filme entre ambos. E aquele filme estava sendo rodado, gasto, em conversas comigo.

— Quer dizer que entre você e Godard também havia um filme.

— O tempo todo, pois entre Godard e qualquer mulher, talvez qualquer pessoa, tinha de haver um filme, mesmo que esse filme só se realizasse entre ele e essa pessoa. Mas a questão maior é que entre Godard e ele próprio também tinha de existir um filme que se filmava o tempo todo em sua mente. Você é assim com a música, Antônio?

— Cada vez menos, Dorothy, pelo menos quanto à necessidade de compô-la ou de tocá-la. Tenho muita vontade de deixar os sons do mundo rolarem sem a minha interferência.

— Isso pode ser uma coisa muito boa, Antônio. Mas com Godard havia sempre uma câmera entre ele e a realidade, como se ele não pudesse digerir essa realidade crua, o que, se já é difícil para qualquer pessoa, o é ainda mais para um francês, apesar de Godard ser suíço de nascimento. Perguntei então a ele se gostaria de mudar, porque é importante isso, trabalhar com o projeto de vida do paciente, e não querer transformá-lo segundo nossos desejos e pontos de vista. Godard disse que não, de modo nenhum queria mudar, o que ele queria era fazer os filmes, embora reconhecesse, racionalmente, que era impossível filmar todas as imagens que passavam por sua cabeça, o que o deixava louco, exasperado e irremediavelmente frustrado, a menos que conseguisse realizar um filme que contivesse, potencialmente, todos os outros filmes. "God-art", eu disse para ele. "God-art", ele concordou imediatamente, pois tal associação já lhe ocorrera um monte de vezes.

— Uma pergunta, Dorothy. Você gosta dos filmes dele?
— Não muito. Gosto mesmo é de filmes românticos, que me fazem chorar, com princípio, meio e fim. De preferência com um final feliz. Mas isso não vem ao caso, pois como paciente Godard era interessantíssimo e um desafio. E ali no consultório, deitado no divã, de olhos fechados, ele me confessou que se sentia filmado por uma câmera, enquanto suas associações corriam livremente em forma de imagens cinematográficas; fotogramas e seqüências de *O jogador*, principalmente, num roteiro que não cessava nunca de se transformar, passando velozmente do czar Nicolau I, por exemplo, para Marx, Freud, Eisenstein, Freud, uma ária da ópera *O jogador*, de Prokofiev, Frank Sinatra cantando num cassino, um crupiê recitando um texto de Lenin sobre as contradições do capitalismo enquanto os jogadores faziam suas apostas, as personagens de Dostoievski caracterizadas então como as da série *Dallas*, da TV, enquanto a heroína, Poliana, estava endividada com mafiosos, e por aí vai. Quanto a Freud, apenas dizia um trecho da análise crítica que de fato escreveu e publicou sobre Dostoievski. O problema é que tais fotogramas e seqüências nunca poderiam ser concretizados sem dinheiro, o que dava a Godard uma incrível sensação de perda, que, na verdade, sempre o acompanhara, mesmo filmando, pois era obrigado a abandonar imagens para selecionar outras. Mas tudo se agravava com a produção de *O jogador* paralisada. Ele sentia que nunca mais realizaria um filme, pois os produtores eram uns filhos da puta e ele, Godard, sem o cinema, não existia. Pedi-lhe então que tentasse descrever melhor essa sensação de não existir. Depois de pensar com algum esforço, ele disse que era como estar nu, mais da alma que do corpo, no deserto de Nevada. E que, embora isso o deixasse à beira da euforia, pois verdadeiramente viajava em sua depressão, também o exasperava, pois não havia como filmá-la, a mente pura. E, o que era pior, talvez estivesse aí, justamente, o filme que conteria todos os filmes. Pois se imagens demais acabavam por criar o caos, e portanto imagem nenhuma, o filme que contivesse todos os filmes deveria

114

ser um filme desértico, talvez com uma ou outra personagem primária, alguma música ou simplesmente notas, sons, aqui e ali, e sobretudo a areia, pedras e o sol ofuscante. Uma insolação, enfim. Naquele instante Godard saltou do divã como se fosse começar o filme imediatamente, com a câmera de vídeo que trouxera para rodar tomadas experimentais. Antes que se enfiasse sozinho no deserto, talvez para morrer de uma insolação real ou do veneno de alguma cascavel, falei-lhe das experiências de René Deschamps em Paris, com o cérebro humano, as emoções, inclusive estéticas, não sendo mais do que o produto de certas células, certos chips, sei lá, que René estava tentando isolar em cérebros de cadáveres humanos e de macacos ainda vivos. Naquela mesma noite Godard leu um artigo de René numa revista que lhe emprestei e, duas noites depois, encontrei debaixo da minha porta um envelope com dinheiro e o bilhete que guardo comigo até hoje:

> *Dorothy querida. Parti hoje para Paris. As experiências de René Deschamps são algo que posso filmar com o orçamento mais barato da história do cinema. Não tendo como pagar pelas nossas sessões, fui jogar hoje na roleta, com a certeza de ganhar como Alexis Ivanovich quando jogou por Poliana, para que ela pagasse suas dívidas. Aqui estão cinqüenta mil dólares que corresponderiam ao cachê da atriz que faria Poliana, por um número de horas correspondente ao dos nossos encontros.*

— Você não disse que ele era avarento?
— Sim, mas só para desperdiçar o dinheiro da produção em outras coisas que não o cinema. E o seu gesto tinha tudo a ver com o cinema. Na medida em que me atribuía o papel de Poliana, Godard realizava, não sem ironia, a transferência analítica perfeita, só que numa representação cinematográfica e literária. E assim ele mesmo se dava alta, ficava quite, digamos, para ir fazer, a partir das experiências de René, o filme-síntese-de-todos-os-filmes, que intitulou singelamente de *O homem*. Só foi

exibido em cineclubes e salas para lá de alternativas, pois era absolutamente inviável comercialmente. Godard me mandou um vídeo completo. Era ao mesmo tempo nojento e hilariante. Havia uma cena, que não chegou às telas, em que um dos macacos-cobaias de René, segurando um cérebro humano, recitava, evidentemente foi dublado, um dos monólogos de Romeu, de Shakespeare. Enquanto isso uma Julietinha nua, humana, diga-se de passagem, secava displicentemente os cabelos. A cena não foi aproveitada porque o macaco se pôs a esfregar o cérebro na sua cabeça, imitando a ninfetinha. Por isso Godard foi refazer a cena e terminar o filme num circo, com um animal amestrado e usando um cérebro artificial. René ficou furioso porque Godard disse que o seu macaco era muito burro.

— Dorothy solta uma gargalhada. — Mas talvez você gostasse da música, Antônio. A trilha era sublime, contrastando com aquele macaco e o cérebro gosmento.

— Ela só se esqueceu de dizer que Godard a comeu, provavelmente um monte de vezes, e que isso deve ter tido alguma coisa a ver com os cinqüenta mil dólares e a tal da transferência. O que sem dúvida o curou da psicanálise e do desejo de filmar *O jogador*, pois deixou de haver a sublimação necessária à criação de qualquer obra.

— René, você estava escutando tudo! — Dorothy diz indignada.

— Há uma extensão aqui no banheiro. O que você esperava? Que eu estivesse tomando banho esse tempo todo?

Dorothy bate o telefone, mas René prossegue na extensão:

— O meu macaco não era burro, Antônio. A repetição das cenas, as luzes dos holofotes e aquele secador é que o enlouqueceram. Foi Godard quem misturou as coisas e estragou tudo. Pois, a princípio, quem deveria segurar aquele cérebro e dissecá-lo, explicando que tanto a inteligência quanto os sentimentos não passavam de centros de energia e informação ali localizados, era eu. Desliga-se um daqueles microgeradores e adeus inteligência, beleza. Posso garantir a você, Antônio, que é também ali que se encontram as verdadeiras teclas do seu piano.

— René... — Antônio tenta interromper, cansado daquela conversa toda.

— Quando Godard disse que o conhecido monólogo do *Hamlet*, sobre o ser, seria uma boa ilustração do que eu dizia, achei de fato uma ótima idéia. Aí Godard disse que se Dodot segurasse aquele cérebro seria muito mais cinematográfico.

— Quem é Dodot, René, o seu macaco?

— Exato. A princípio ele se desincumbiu corretamente da função e apenas examinou o cérebro com curiosidade e o devolveu, quando lhe pedi, pois tinha de ser jogo rápido porque macacos são macacos, mesmo com certos estímulos e aditivos. Era só pôr a voz que estaria tudo certo. Mas Godard nunca estava satisfeito e logo a idéia já evoluíra para filmar também uma cena de *Romeu e Julieta*.

— René... — Flores volta a falar, pois vê que Michelle se mexe inquieta no sofá. Não gostaria que ela o surpreendesse falando com seu pai.

— E, outra vez, não era uma idéia má, pois ilustraria que também os sentimentos considerados os mais sublimes se constituem na massa encefálica. Mas Godard voltou a insistir no aspecto cinematográfico; que aquilo não era uma aula, mas um filme. E quando foi rodar a nova cena, já com Julieta e o secador, Dodot simplesmente não resistiu e...

— Desculpe-me, René — insiste Flores. — Vou desligar porque Michelle está acordando.

Antônio se dirige a passos rápidos até o sofá, onde Michelle se agita, murmurando coisas ininteligíveis. Antônio senta-se na borda do sofá e toca levemente em Michelle. A garota abre os olhos e fixa-os no pianista. Não parece reconhecê-lo dentro daquela roupa. Passeia os olhos pela suíte, como se também não soubesse como fora parar ali. Seu olhar se detém no piano e talvez seja isso que a faz situar-se.

— E madame Zenaide? — ela pergunta baixinho.

Antônio ri:

— A doutora Dorothy também queria conhecer a história de madame Zenaide.
Michelle se ergue bruscamente, empurrando Antônio, e se encaminha até a poltrona onde largou o vestido.
— Aquela puta de Las Vegas? Onde você a encontrou?
— René ligou para cá e depois passou o telefone para ela.
Michelle tenta enfiar-se atabalhoadamente no vestido:
— Naturalmente ela tentou seduzi-lo.
— Não foi bem assim, Michelle.
— Então como vocês chegaram a madame Zenaide?
— A doutora Dorothy falava de Godard e quis saber se eu já fora psicanalisado.
— Ah, Godard, sempre Godard, aquele maníaco. E não vai me dizer que madame Zenaide era uma psicanalista?
— Não, eu não vou dizer isso.
A garota conseguiu pôr o vestido e segura suas alças. Os olhos dela faíscam:
— E o que René queria?
— Queria saber se você estava bem, se iria dormir aqui.
— E eu vou?
— Pensei em pedir cheeseburgers e batatas fritas para nós. O que você acha?
Michelle parece desarmar-se, mas sem querer se dar por vencida. Hesita um pouco e diz:
— Estou com frio, você tem um pijama?
Antônio diz para Michelle pegar o pijama debaixo do seu travesseiro. Ela deixa cair o vestido sobre o tapete e vai para o quarto. Flores cata o vestido e se dirige ao telefone. Encomenda à copa dois cheeseburgers, batatas fritas, sucos de laranja. Manda levar a mesma coisa ao 1512. "Uma cortesia de mr. Flowers", diz. O pianista ouve o barulho da água caindo no chuveiro e leva ao rosto o vestido de Michelle, acaricia-se com ele.
Michelle sai do banheiro já vestida com o pijama e seca os cabelos com um secador do hotel. Antônio está deitado na cama e entende imediatamente tudo.

118

— Então foi você.
— Eu o quê? — Ela se faz de desentendida.
— A Julieta.
— Sim, na primeira versão, antes de aquele idiota ir filmar num circo no Sul da França.
— Por que será que Dorothy não me contou isso?
— Mulheres! — Michelle dá de ombros. — Ah, agora me lembrei do que sonhava quando você me acordou. Sonhei que Dodot, um dos macacos de René, fugira e desarrumava tudo no laboratório. Quebrava frascos e potes, e os miolos se esparramavam pelo chão.
Flores desconfia que aquele sonho foi inventado agora mesmo, mas, o que importa? Os sonhos inventados também podem revelar alguma coisa. Dá corda a Michelle:
— Você parecia estar com medo, sonhando.
— Não, eu estava era aflita, porque, por mais que tentasse juntar aqueles miolos, não conseguia montar com eles um cérebro. Aquilo podia estragar as experiências de René. E, de repente, não era mais Dodot quem se encontrava ali, mas o próprio René. Eu queria dar explicações a ele, mas ele me olhava com um olhar ausente, morto, como se fossem os miolos dele que estivessem espalhados pelo chão.
Antônio abraça Michelle:
— Fique tranqüila, agora já passou.
— Vou perguntar a Dorothy o que esse sonho significa.
— Você não disse que ela era uma puta?
— Isso não impede que entenda de sonhos.
— É verdade.
— Ela contou alguma coisa sobre mim?
— Disse que você era uma boa garota.
O que Antônio acaba de dizer irrita visivelmente Michelle.
— Não contou nada sobre mim e René?
— O que poderia ela contar? — ele pergunta cauteloso.
Michelle se atira de bruços sobre a cama e esconde o rosto entre os braços. Ela chora de verdade, mas há qualquer coisa de artificial nisso, como se também representasse.

— Olha, tenho uma coisa para confessar a você. — A voz dela sai sufocada. — René não é o meu verdadeiro pai. Minha mãe vivia com ele e, quando o abandonou, deixou um bilhete dizendo que eu estaria melhor em suas mãos. E tinha razão — Michelle grita, agora num pranto solto. — Pois quando completei catorze anos, René me seduziu. Você não queria saber quem foi o primeiro? Pois René foi o primeiro.

A idade de Estela, Flores pensa, sentindo uma raiva que, ele sabe, abriga ciúme, ainda mais porque Michelle e René dormem no mesmo quarto no hotel. Mas a campainha toca e o pianista, com alívio, vai atender à porta.

As lágrimas secaram nos olhos de Michelle, que morde uma batata frita.
— Você contou a história de madame Zenaide para Dorothy?
— Não, eu disse a Dorothy que iria contá-la primeiro a você. Depois, se você quisesse, contaria a história para ela.

Michelle se mostra mais do que satisfeita com a explicação:
— Se você preferir, tenho um gravador. Levei-o para o concerto. Está na minha bolsa.
— Não sei se quero. Gravar as coisas torna-as definitivas. Aliás, era proibido gravar na sala de concerto.
— Tenho uma coisa para confessar a você — a garota diz, tímida.
— Sim...
— Eu menti.
— Em que ponto exatamente?
— René não me seduziu como você está pensando.
— Eu não estou pensando nada.
— Mas a história sobre a minha mãe foi verdadeira. Ela se apaixonou por outro homem e foi viver com ele na Austrália. O australiano era muito rico e pôde deixar com minha mãe um bom dinheiro para a minha educação e também para as pesquisas de René.
— Ele não se incomodou de aceitar?

— René é um artista da ciência. Acha que pela ciência a gente pode se permitir tudo.
— Ele é o seu verdadeiro pai, afinal?
— Não, o meu verdadeiro pai, como o seu, não tem importância nesta história. Eu era ainda muito pequena quando minha mãe foi viver com René. Quando ela o abandonou, preferi ficar com ele. Na verdade, fui eu quem tentou seduzi-lo.
— E conseguiu?
— Eu não diria exatamente isso. — Michelle ri, sabendo que tomou emprestada uma expressão de Antônio. Antônio está com a boca cheia de cheeseburger e faz apenas um gesto interrogativo, meio impaciente. Michelle não se importa de falar com a boca cheia.
— Bem, você sabe como é. Eu era uma garotinha e às vezes dormia na cama de René, quando tinha medo. Enquanto isso, meus peitinhos cresciam e, certas noites, René os acariciava, como que distraidamente. Mas houve um momento em que eu já era crescida o suficiente para perceber que, quando abraçava René, um negócio crescia no meio de suas pernas e que era assim que se passava entre um homem e uma mulher. René, acho que percebendo o rumo que as coisas tomavam, disse que eu não estava mais na idade de dormir na cama dele. Que eu estava na idade de ter um namorado. Isso me enfureceu, inclusive porque justamente nessa época René passava várias noites fora de casa. Era ele quem devia estar com alguma namorada e eu tinha medo de perdê-lo.
— Você tem medo de perdê-lo para Dorothy?
— Não, para Dorothy não, eles são muito parecidos, apesar das divergências científicas, muito rodados, e não vejo como possam apaixonar-se um pelo outro.
Antônio anota para si mesmo que isso o deixa satisfeito, saber que Dorothy não pode apaixonar-se por René.
— E o que aconteceu, então?
— Eu me entreguei ao Daniel, que era meu colega de colégio. Entreguei-me a ele numa cabine telefônica.
— E foi bom?

— Não, foi horrível. Voltei para casa arrasada, aos prantos e, nessa noite, René não teve coragem de expulsar-me de sua cama. Adormeci em seus braços e foi maravilhoso. — Michelle solta um longo suspiro. — Deixei de ser virgem com um e terminei a noite nos braços de outro. Minha primeira vez, então, também foi mais de uma — ela diz, sorridente.

Flores deixa o resto de seu cheeseburger sobre a mesinha, com repugnância. Sente-se pálido, por alguma razão, ou várias, que não consegue discriminar. Michelle demonstra perceber isso.

— Ele não chegou a estar dentro de mim, compreende? Mas então eu já era mulher e soube bem o que estava acontecendo quando ele estremeceu de prazer e depois se distendeu. Ambos sabíamos que aquilo nunca deveria se repetir para que continuasse sendo maravilhoso; para que permanecesse para sempre como uma cumplicidade entre nós, uma ligação indestrutível — Michelle conclui, com evidente satisfação e orgulho.

Flores não diz nada e o silêncio cai entre ambos. O pianista pesca, entre os seus sentimentos, o da raiva, novamente. Tem certeza de que em muitos pontos daquela história toda está sendo ludibriado, talvez roubado de sua própria história, porque Michelle estará competindo com ele, com Dorothy, com René. Mas sente, também, que aquela história contém uma parte de verdade que ele nunca conseguirá isolar. Tudo é possível.

De repente, Flores tem vontade de ferir mais fundo com a sua própria história aquela família implausível de malucos; vontade de aplicar uma lição em Michelle, que até agora ele procurou poupar de alguma forma. Sente também um impulso forte de tocar fundo em Dorothy.

— Pegue o gravador — diz.

— Eu queria morrer. Já tirara os pontos do ferimento na testa, mas queria morrer. Ou talvez não fosse bem assim. Talvez eu quisesse apenas acalentar a idéia de morte, de vazio. Não a morte escandalosa dos suicidas, mas um apagar progressivo da vida, uma fraqueza que ia tomando conta de meu

corpo, pois me alimentava apenas o bastante para não chamar demasiadamente a atenção de minha mãe e, de noite, em meu quarto ou no sótão, me colocava sem camisa à janela, para que o vento atingisse meu peito branco e magro. O outono já começava a dar os seus primeiros sinais e, nas rajadas intermitentes de vento, misturavam-se ondas de calor e de frio, como uma expectativa macabra, uma ameaça de tempestade pairando sobre um pântano. Como a enfermidade de minha avó avançava, o verdadeiro e extremado caráter de minha melancolia, suas razões e seu peso podiam ser confundidos no meio da tristeza geral que se abatia sobre a casa e, assim, eu era deixado mais ou menos em paz.

Flores tinha depositado a bandeja com o resto do lanche, champanhe, tudo, lá fora no corredor, para que a recolhessem. Fora ao banheiro, escovara os dentes etc., para que nenhuma necessidade se interpusesse entre ele e sua história, e sentara-se com Michelle no sofá. Entre ambos, um gravador de alta sensibilidade.

— Temos de gravar por cima do concerto — dissera Michelle —, pois só há uma fita.

— Ótimo — dissera Antônio. — Os concertos devem acontecer no tempo uma só vez.

— Você quer voltar ao princípio da história, para Dorothy, ou prefere que eu o conte para ela?

— Dorothy disse que todas as histórias são pela metade. Talvez ela possa deduzir o princípio pelo meio e pelo fim.

Michelle testara o gravador e ouvira-se um diminuto trecho do concerto, a turbulência do *Diurno nº 1*. Depois voltara a fita até o início e apertara a tecla de gravação.

Desde o princípio Antônio vem falando pausadamente em inglês, por causa de Dorothy. Continua:

— *Eu passava cada vez mais tempo no sótão e não havia como não incorporar a figura do meu avô, seus amores secretos, sua solidão na morte ou mesmo em vida, suas alucinações com o éter. Acredito que se encontrasse ali um frasco esquecido de lança-perfume eu o teria consumido, mas isso*

123

acabou por se tornar desnecessário, porque logo sobreveio a febre com seus delírios, aos quais eu me abandonava com fervor. Nesses delírios, havia uma imagem recorrente, que era a de Estela, mas não exatamente, porque usava máscara e uma fantasia de seda negra, e eu não podia ter certeza de que era ela, mas tão-somente um espectro da minha paixão, a Estela que nascia de mim e a quem eu procurava agarrar, mas que escapava, desfilando leve e esvoaçante num cordão carnavalesco onírico e fantasmagórico, como se brincando num baile de mortos, porém mortos amáveis e coloridos; um baile no qual eu tentava penetrar. Desse baile eu ouvia também uma canção, tocada por uma bandinha; uma marchinha no estilo das de meu avô mas que era composta por minha mente queimando, ou talvez ditada para ela. Tremendo debaixo das cobertas, eu buscava escrevê-la com os meus dedos riscando o ar, ansiando por materializar suas notas e acordes perfeitos para o que a música pretendia dizer; uma canção que até hoje, agora, por exemplo, às vezes me parece prestes a se configurar, mas sempre foge, deixando-me apenas uma sensação de que sua letra falaria de véus e flores de jasmim, suores perfumados, seios, lábios que se tocam suavemente, cerveja, fantasias de seda e cetim, uma leve e doce embriaguez mas que todas essas palavras não conseguem traduzir, como numa prise de lança-perfume; ou mesmo as puras notas musicais não conseguem expressar, pois a cada vez que tentei transpô-la, essa canção, para a pauta ou as teclas, não passou de um débil arremedo, ela fugia ainda mais de mim, como sonhos que se dissipam quando você quer intencionalmente recordá-los. Uma canção, portanto, que se deve deixar em liberdade para que se faça verdadeiramente ouvir... Merda, isso está ficando literário demais e me afasto sempre de madame Zenaide. Ou talvez não; talvez seja necessariamente assim que madame Zenaide deva entrar.

Michelle não consegue reprimir um bocejo:

— Assim a fita não vai dar.

— Sim, é melhor você cortar essa parte toda.

Enquanto Michelle faz retornar a fita, Flores continua a falar, só que em francês.

— Bom, depois veio a convalescença, mas deixando em mim um vazio, uma saudade imensa do que se passara durante os meus delírios, de modo que eu continuava muito triste. Havia uma outra mulher na casa, de quem até agora não falei. Uma empregada velha, chamada Zulmira, que estava ali desde sempre. Zulmira era uma dessas mulheres simples, ignorantes, mas que mostrava compreender o que ia dentro das pessoas. E, afinal, fora ela quem cuidara de mim durante a minha febre, pois minha avó fora transferida para um hospital e minha mãe passava boa parte do tempo lá. Foi Zulmira quem sugeriu que eu fosse ver madame Zenaide. Mas minha mãe só concordou com isso e até pagou a consulta, em desespero de causa, depois do que aconteceu entre mim e a senhorita Olga.

— Isso é para eu gravar? — pergunta Michelle.

— Não, por favor — diz Flores. E prossegue: — Numa doce ilusão, minha mãe pensou que retomar as aulas com a senhorita Olga poderia devolver-me ao que eu era antes. A senhorita Olga, coitada, chegou toda inocente, com um vestido de alcinhas, assim como o seu, Michelle, naquela bela manhã de outono. Mas juro por tudo quanto me é sagrado que ela se deixou ficar ali, por alguns instantes, com a respiração suspensa, quando aconteceu aquilo, antes de fugir correndo.

— Aquilo o quê?

— Bem, como uma espécie de boas-vindas, ela tocou alguns acordes de uma peça de Ernesto Nazaré, um compositor brasileiro do qual ambos gostávamos muito. Depois parou e disse: "Agora toque você". Juro também que foi num impulso quase inocente, como se eu ainda transitasse num mundo lírico de mortos-vivos onde tudo era permitido, que, em vez de tocar as teclas, pus minha mão dentro do vestido da senhorita Olga e toquei, enfim, os seus seios, uma fantasia que o aluno adolescente sempre tivera, independentemente daquela coisa toda com Estela.

Antônio olha com o rabo do olho para Michelle, buscando verificar se a sua revelação — uma pequena vingança contra aquele caso intrincado da garota com René — causou-lhe algum impacto, mas se isso aconteceu, ela o disfarça:
— Quantos anos a senhorita Olga tinha?
— Uns trinta e cinco, creio.
Michelle faz um muxoxo, como se a comentar que a srta. Olga era muito velha.
— Tinha uma pele macia e muito branca. Ainda era solteira — explica o pianista, como se a justificar o seu gesto.
— Você voltou a ter aulas com ela?
— Não, nunca. Mas na minha primeira audição pública, anos depois, num desses concursos para jovens pianistas, a senhorita Olga estava lá, na primeira fila da platéia, e sorriu para mim. A peça que eu escolhera para tocar, mais para ironizar o público e o próprio concurso, era de Schönberg, aquela coisa tida como fria e racional. Porém a presença da senhorita Olga me remeteu a todo um ciclo de lembranças, acendeu a minha libido, e executei um Schönberg carregado de emoção e sensualidade. Ganhei o concurso, vê se pode. — Flores solta uma gargalhada.

Nesse exato momento, Michelle volta a apertar a tecla de gravação. Antônio silencia imediatamente, mas a gravação terá se iniciado com aquela gargalhada algo artificial, algo insana.

Antônio se apruma no sofá, respira profundamente para se concentrar, como faz na hora de iniciar um concerto, e volta a falar em inglês:

— *No dia aprazado, tomei um ônibus com Zulmira e fizemos um longo trajeto até um bairro que eu não conhecia. Descemos no ponto final e começamos a subir uma ladeira de pedras que, aos poucos, ia se estreitando para se tornar uma ruela íngreme e sem calçamento. Continuamos a subir e percebi que estávamos numa favela, mas qualquer receio que eu pudesse ter era neutralizado pelo modo como Zulmira era aceita ali, mostrando-se familiarizada com o lugar, sendo que algumas pessoas até a cumprimentavam, olhando-nos com respeito. Como se soubessem o que viéramos fazer no morro. Jamais esquecerei a atmosfera daquele lugar. À medida que subíamos, os barulhos da cidade se faziam mais distantes, tornavam-se um rumor longínquo e de certa forma uníssono, cedendo lugar aos sons mais próximos, de rádios tocando, crianças, mulheres lavando roupa, os ruídos de pássaros e insetos, de galinhas, os latidos dos vira-latas, mas tudo num espaço autônomo como o de uma aldeia, com sua vida à parte e sua melodia própria. E a cada vez que parávamos para descansar, a visão da cidade lá embaixo se ampliara um pouco mais, como numa vista aérea. Eu sentia uma grande expectativa e a sensação de que, qualquer que fosse o resultado daquela visita, eu nunca mais seria o mesmo só por ter estado ali. E havia também o cheiro. Ao cheiro das valas se superpunham outros, o do mato, lenha queimada, feijão e carne-seca sendo cozidos, acabando tudo por formar um cheiro bom, misturado e único.*

A casa de madame Zenaide, erguida numa parte mais plana no alto do morro, era uma construção muito modesta como as demais, porém um pouco maior, com janelas verdes bem pintadas. Ao seu redor, o pequeno lote de terra fora cultivado e viam-se muitas flores e ervas, das quais eu captava o aroma de algum poder secreto, que iria se manifestar também no interior da casa, em sua sala, como um minúsculo templo onde mil velas e defumadores já houvessem sido consumidos, embora nada queimasse naquele instante.

Zulmira bateu palmas e uma mocinha negra, bem bonita, um pouco mais velha do que eu, veio atender à porta. Entramos num aposento que unia sala e cozinha, afunilando-se depois até uma espécie de arco baixo, um vão entre paredes, protegido por uma cortina de contas, atrás da qual a mocinha desapareceu depois de ter trocado com Zulmira, em voz baixa, algumas palavras que não pude ouvir. Percebi também que algumas cédulas foram escorregadas para a mão da moça, no que só podia ser o pagamento de madame Zenaide.

O aposento em que eu me encontrava em nada diferiria dos de uma casinha comum de pobre, com sua decoração barata e objetos em excesso para o espaço exíguo, com sua pequena geladeira e o fogão, os utensílios de cozinha à mostra, não fosse a solenidade emprestada por aquele aroma e por um castiçal prateado, de três bocas, onde deviam queimar costumeiramente as velas, sobre a mesa nua. Pude observar que nas paredes havia muitas imagens de santos, retratos e até mechas de cabelos em pequenas molduras de vidro, com dizeres de agradecimento a madame Zenaide. Era ali naquela sala, pensei, que ela devia atender as pessoas.

Enquanto Zulmira sentava-se num sofá muito gasto, entre um homem e uma mulher, clientes, com certeza, que aguardavam em silêncio, aproveitei para ir fazer xixi onde Zulmira me indicou, atrás da cortina cujas contas executaram, à minha passagem, uma combinação melódica. Antes de cruzar a porta do banheiro, vi que me encontrava num diminuto corredor, terminando num outro arco também protegido por uma cortina de contas.

Ao sair do banheiro, era aguardado à porta pela mocinha negra, que me disse, com um sorriso, que madame Zenaide iria ver-me agora. Quando fiz um movimento em direção à sala, a moça me segurou pelo braço e disse: "Não, é ali". E apontou para a outra cortina.

Flores silencia e parece cair absorto em suas recordações, como se quisesse torná-las mais nítidas. A fita continua a rodar para o silêncio, até que Michelle pressiona a tecla e interrompe a gravação.

— Desculpe-me — diz Antônio —, mas gostaria que você fizesse a fita retornar mais uma vez. Não creio que Dorothy vá se interessar por tantas descrições e quero entrar diretamente no assunto.

Michelle faz voltar a fita, mas Antônio desconfia que ela tem o cuidado de preservar a gargalhada inicial. Mas isso não o desagrada, pois talvez proporcione uma feliz conexão. E, mais uma vez, ele começa a falar, só que mais incisivamente, como se agora, sim, se iniciasse a verdadeira história. Sua história com madame Zenaide.

— *Transpus a outra cortina de contas, que fez soar breve e suavemente o registro dessa outra passagem, que nunca mais poderia ser repetido identicamente, mas que estará para sempre gravado em mim, e vi-me num quartinho de teto baixo, com paredes muito brancas e limpas, quase despidas de adornos, ao contrário das da sala. Lembro-me de um cavaleiro de ferro numa das paredes, empunhando energicamente sua espada, mas tudo bastante estilizado. Noutra parede uma estrela azul sem simetria. Talvez uma estrela-do-mar pintada de azul. Sobre um criado-mudo, um porta-retratos, triplo, com fotos simples de família. Mas só pude ver essas coisas mais tarde, pois o meu olhar fora imediatamente atraído para madame Zenaide.*

Madame Zenaide estava recostada em almofadas coloridas contra a cabeceira de uma cama larga, ocupando a maior parte do quarto, com lençóis imaculadamente brancos. Também ela estava vestida de branco, com um vestido largo que lhe cobria até quase os pés descalços. A parte superior do vestido era rendada, deixando transparecer a pele negra dos seios de madame Zenaide. Ela era grande, mais para gorda, socada. Na parede atrás da cabeceira da cama havia uma janela aberta por onde penetrava a brisa da tarde. Através dessa abertura, da posição onde eu me encontrava, via-se apenas o céu azul, como se estivéssemos suspensos no espaço. O cheiro do quarto era tênue e muito bom, mas eu ainda não podia identificar de que perfume provinha.

Madame Zenaide tinha um baralho nas mãos e olhava para algumas cartas dispostas ao seu lado na cama. Ela recolheu as cartas e só então olhou para mim, com um olhar que senti penetrar-me por inteiro. Depois sorriu com seus dentes muito brancos. A pele do seu rosto se esticava e ela tanto podia ter trinta como trinta e cinco anos. Seus cabelos eram puxados para trás, amarrados com uma fita vermelha.

"Vamos, senta aqui", ela disse, recolhendo as pernas e abrindo espaço na cama. *"Não tenha medo, é apenas um jogo. Um jogo de cartas"*, ela riu. *"Está vendo aquela ali na fotografia do meio?"*, ela apontou para o porta-retratos, para uma negra jovem e bonita, dando a mão a uma menina pequena. *"Aquela ali era a minha mãe, e a menina de mãos dadas com ela sou eu. Aquela garota, no outro retrato, é Ildete, minha filha, que você já conheceu. Minha mãe conhecia o seu avô. Gostava muito das músicas dele. Tinha uma que ela cantava sempre, quer ouvir?"*

Antônio começa a cantar, numa voz que não é bem a sua, fina para um homem, grave para mulher, uma marcha-rancho que fala de um homem sério, de terno e gravata, que está sentado no banco de um bonde e vê cruzar por ele um bloco carnavalesco. No meio de uma chuva de confete e serpentina, avista uma linda mulher fantasiada de azul e branco, que sorri para ele, joga-lhe uma serpentina e estende os braços na sua direção, para que ele desça e venha brincar o Carnaval. Mas o homem hesita e logo o bonde já se afastou. O homem enrola a serpentina, guarda-a no bolso e não mais consegue esquecer aquela mulher. Nos outros dias de Carnaval, virá para aquela mesma rua, na esperança de a mulher passar com o bloco outra vez. Mas nem ela nem o bloco passam. Daí para a frente o homem continuará a vir ali em todos os Carnavais, sempre com o mesmo terno para que a mulher o reconheça, mas ela não aparece nunca mais. O homem enlouquece, perde o emprego, a família, tudo, e começa a perambular todos os dias por aquele bairro, com o terno já velho e rasgado, a serpentina descorada no bolso...

Antônio está cantando a canção em português, porque só é possível cantá-la nessa língua. Michelle não pode entender suas palavras e, depois de olhar um tanto apreensiva para o pianista em transe, fechou os olhos, deixando-se embalar pela melodia. Antônio pára bruscamente de cantar, Michelle reabre os olhos e ele retoma a narrativa.

— Quando madame Zenaide cantou para o garoto aquela marchinha do seu avô, ele a reconheceu logo, emocionado. A composição se chamava "Louco de amor" e o menino logo entendeu que a cartomante queria falar a ele por meio daquela canção.

Antônio volta à primeira pessoa:

— Mas talvez só eu, entre todos, porque freqüentava o sótão, podia compreender a atmosfera de alucinação baudelairiana contida na canção. De repente, madame Zenaide parou de cantar e, séria, pediu que eu cortasse o baralho. Depois pegou uma de suas metades, começou a embaralhar as cartas e perguntou se eu tinha alguma pergunta em especial a fazer. Naturalmente pensei em Estela, mas sabia também que havia muito mais coisas envolvidas na minha paixão por Estela e fiz um gesto amplo tentando abranger essas coisas todas. De qualquer modo, madame Zenaide satisfez-se com a minha indicação e depositou uma carta na cama. Era um rei de espadas e madame Zenaide sorriu, como se a carta confirmasse algo que ela já sabia. Disse que aquela carta representava a mim mesmo, mas que não se ocuparia disso por enquanto, porque era preciso atá-la às cartas que viriam depois. Mandou que eu, desta vez, embaralhasse a outra metade das cartas e, a seguir, pegou-a de minhas mãos, juntando-a ao resto do baralho.

Madame Zenaide deitou mais três cartas, olhou para elas, um tanto espantada, olhou para mim e tornou a olhar para elas, parecendo-me que procurava disfarçar uma grande preocupação. Todas as três cartas eram de espadas: um nove, um dez e um oito, disso nunca vou me esquecer. E também que essas espadas, no baralho de madame Zenaide, pareciam punhais. Madame Zenaide ia dizer alguma coisa, mas, de repente, conteve-se e deitou mais três cartas. Agora ela parecia refletir sobre como devia falar-me, enquanto, quase disfarçadamente, fazia escorregar outras cartas na cama. Não posso me lembrar de todas as cartas, mas, no conjunto, umas vinte, depois de tudo, predominava o negro. Por fim, madame Zenaide se pôs a falar, cautelosamente, escolhendo bem as palavras.

"As espadas juntas assim podem estar mostrando a morte, menino, não vou mentir para você. A morte está aqui, principalmente no nove e no oito, mesmo que essas cartas não digam só isso. E o dez de espadas fala da noite ou da madrugada. Uma coisa que acontecerá à noite ou de madrugada. Pode ser a morte ou um encontro, ou as duas coisas."

Michelle segura a mão de Antônio, que está suada e fria. Transfigurado, ele parece falar de outro lugar no tempo e com outra voz, como no momento em que cantou a canção.

— *"Minha avó?", perguntei, falando pela primeira vez.*

"Sim, pode ser a sua avó. Porque talvez tenha chegado bem a sua hora", madame Zenaide disse, com uma satisfação cruel. Naquele momento tive a certeza de que alguma coisa a mais do que uma leitura de cartas teria se passado ali com meu avô, talvez entre ele e a mãe de madame Zenaide. Quem sabe entre ele e a própria madame Zenaide, ainda novinha. Nesse instante, se desenhou clara a identidade da mulher na terceira fotografia do porta-retratos, sobre a qual madame Zenaide se omitira, talvez por pudor: era ela mesma, muito mais magra e bonita, apenas poucos anos mais velha do que Ildete, agora.

"Mas há mais de uma morte aqui", madame Zenaide prosseguiu, olhando para as cartas. Pensei então em tudo o que estivera me rondando ultimamente no quarto ou no sótão, mas pensei também na possibilidade de a minha mãe morrer. Devo ter tremido e empalidecido e madame Zenaide parecia acompanhar o fio dos meus pensamentos, pois segurou com força a minha mão.

"Olhe bem aqui, meu filho, esse rei de espadas, que é você, mostra também uma influência forte de uma pessoa no passado, que pode ser muito negativa, mas também não. Pois as cartas são um presságio e uma indicação e, muitas vezes, você pode escolher por elas o melhor caminho. Não se pode fugir da morte e é melhor entrar num acordo com ela. Às vezes você tem que decidir entre matar ou morrer. A espada pode ser apontada para fora ou para você", madame Zenaide

olhou para o cavaleiro na parede e foi nesse momento que ele começou a se tornar mais nítido para mim, com todas as suas possíveis significações, como se estivesse ali desde sempre à minha espera.

"Essa influência do passado nós sabemos muito bem quem é", madame Zenaide sorriu melancolicamente. "Talvez você tenha que matar um morto, ainda que goste dele. Agora ficou mais claro ainda por que senti desejo de cantar aquela canção. Antes de você chegar já havia nas cartas que deitei para mim a morte do rei de espadas. Nesse rei está você, mas também um homem mais velho que deve morrer."

De repente o rosto de madame Zenaide se iluminou: "Talvez uma das mortes seja a sua mesma, menino, como você anda pensando. Talvez você deva matar a você mesmo e isso pode ser muito bom, porque não precisa ser do jeito que você pensa. Você deve se matar para nascer um outro dentro de você. Sim, pode ser bem isso", madame Zenaide riu, largou a minha mão e apontou para as cartas.

"O valete e o oito de paus estão aqui e mostram o que deverá acontecer com você se você entrar num acordo com a morte. O valete indica sucesso e dinheiro, muito sucesso e dinheiro, mas está escrito no seu rosto, menino, que isso não importa muito para você. Mas é por isso mesmo que essas coisas virão assim, muitas. Os seus verdadeiros negócios, como os de todos os artistas, são o amor e a morte, Antônio. Talvez eu nem precisasse deitar as cartas para ver isso. Está em seus olhos, menino. Os olhos de um cavaleiro sensível, delicado, mas forte, como o valete de copas que também está aqui, com o seu coração ardente. Sim, é isso mesmo, o rei tem que dar lugar ao príncipe, como é a lei."

Flores gesticula como se tivesse as cartas diante de si:

— *"A menina que você quer tanto agora, ela o espreita nessa carta aqui, o oito de paus. É uma garota morena e muito egoísta, mas você a terá, sem dúvida, se vencer o medo e a morte. Então você terá essa garota e muitas outras, pois há várias mulheres nas cartas."*

— Será que eu estava entre elas? — interrompe Michelle.

— Sim, com certeza — diz Flores, apertando a tecla que pára a gravação, pois tem medo de que René o leve a mal, se por acaso ouvir a fita. — Talvez você estivesse no oito de copas, uma das poucas cartas vermelhas, que anunciava um bom augúrio em matéria de amor. — Antônio acaricia a nuca de Michelle. — Ou talvez na dama de copas, com seus coraçõezinhos, sua cara de santinha, seu rosto angelical... de pecadora. Madame Zenaide disse que a dama de copas podia ser uma namorada pronta para qualquer sacrifício.

— Ah, me agrada isso — diz Michelle, abraçando-se a ele.

— Mas é preciso você entender que as cartas só têm sentido relacionadas umas com as outras. — Antônio beija Michelle e depois se desvencilha delicadamente, pois pensa em Dorothy e quer continuar a narrativa. Aperta a tecla de gravação e, num tom quase solene, volta a dar a palavra a madame Zenaide.

— *"Duas dessas mulheres, duas damas muito fortes, estão aqui em encruzilhadas, esperando você, em momentos em que você se julgar perdido. A dama negra, como você vê, carrega consigo a espada, que é também a cruz. A espada da morte e da vida e por isso pode ser usada para o bem e para o mal, para a morte e para o prazer."*

Foi então que eu me dei verdadeiramente conta de que a espada do cavaleiro na parede podia ser vista como uma cruz — diz Flores, com sua voz normal, antes de retornar à de madame Zenaide.

— *"A dama de ouros você só encontrará daqui a muitos anos, num lugar muito distante, se você seguir o seu caminho. Ela tem cabelos de fogo e um riso fácil e aberto, mas também possui a chave de muitos segredos, sabe muitas coisas. Costuma trocá-las por dinheiro, muito dinheiro, como todas as pessoas reveladas pelo naipe de ouros. Mas ela também pode amar muito, a quem conseguir tocá-la no ponto certo."*

— Você parece estar falando de Dorothy. Ela é ruiva e dinheiro é o que não falta em Las Vegas. Dinheiro e baralho. — Michelle ri sarcasticamente.

Flores julga enrubescer, mas finge ignorar o comentário e prossegue com madame Zenaide:
— *"Já a dama de espadas traz o fogo é dentro dela. O fogo, a água, a noite e a luz, pois a feiticeira carrega dentro de si todas as outras damas."*
A essa altura — diz Flores — *madame Zenaide me olhava com um olhar que parecia um rodamoinho tragando-me:* "*Não estou mais lendo nas cartas, mas em você mesmo, Antônio. Eu já sabia que você viria, você estava nas minhas cartas há muito tempo. Você é um menino puro, ferido pelo amor e pela morte. Muitas mulheres vão querer um garoto assim e é preciso muito cuidado, pois algumas tentarão guardá-lo para sempre, como a própria morte. Outras deixarão você voar, como a dama de espadas e a dama de ouros. O rei de espadas quer puxá-lo para baixo porque deseja um amor eterno e perfeito, como a morte, igual queria o seu avô, mas eu estou aqui para proteger e curar você, Antônio".*
— Ora, essa madame Zenaide estava querendo era trepar com você. Eu bem que desconfiei que era uma puta. Sua mãe deve tê-la pago para que você não se tornasse um fresco, como quase todos os pianistas.
— Como você quiser, mas ouça como aconteceu. *De repente, madame Zenaide pôs-se a entoar uma canção e estendeu os braços para mim, como o teria feito a mulher fantasiada no bloco, para o homem de terno branco no bonde, na composição carnavalesca do meu avô. Mas essa música que ela agora cantarolava não tinha propriamente uma letra, só sílabas. Assim: "nã nã nã, nã nã nã nã nã..."* — Flores entoa por um breve tempo essas sílabas, antes de retomar a narrativa:
— *E, embora lembrasse aquela canção triste do meu avô, sugeria também aquela outra, nunca materializada, talvez intocável e impronunciável, a não ser por aquela bandinha num baile de espectros, dos meus delírios febris, quando eu perseguia uma garota que era Estela, mas também não era, mascarada numa fantasia de seda negra. Uma composição que o meu avô poderia ter criado mentalmente, talvez espa-*

lhando os retalhos de suas ondas no sótão e além, sob o efeito do lança-perfume ao morrer. Uma canção talvez desértica, que conteria todas as outras canções e por isso não passível de ser delimitada, talvez apenas sintonizada vagamente num transe. — Antônio pensa no filme desértico de Godard, mas não diz. — *Ao mesmo tempo, o que madame Zenaide entoava poderia passar como uma cantiga de rua, dessas que as crianças cantavam quando ainda se brincava de roda nas calçadas do Rio. Uma cantiga, também, como as que escutariam das mães as criancinhas antes de possuírem a razão, e talvez como as que escutam os músicos velhos depois de perdê-la.*

— Dorothy irá dizer que em madame Zenaide você encontrava a sua mãe — interrompe Michelle.

— *Sim, pode ser, é o óbvio, porém minha mãe era bela, magra, pálida; quando passava parecia apenas um vestido branco esvoaçando. Enquanto madame Zenaide era a mãe grande, preta, em cujo peito estão encravados muitos meninos brasileiros. Acho que Dorothy poderá entender isso. E como a própria madame Zenaide disse, a dama de espadas carregava consigo todas as outras damas, talvez até Estela e a garota que não era Estela, ambas com seus peitinhos juvenis, como os seus, Michelle. Quando madame Zenaide me estendera os braços, seus olhos estavam revirados, numa expressão ao mesmo tempo meiga e selvagem, como se um anjo e um demônio possuíssem simultaneamente o seu corpo, para, por sua vez, serem possuídos por mim e também me possuírem.*

— Você não teve medo?

— *Sim, tive muito, a princípio, mas tive ainda mais medo de desagradá-los, esse demônio... e esse anjo. E também já passara do ponto de onde não há mais retorno. E logo minha cabeça já descansava, em todos os sentidos, sobre os seios fartos de madame Zenaide, que ela despira das rendas. Percebi então que o cheiro bom que eu sentira ao entrar no quarto emanava do próprio corpo de madame Zenaide, dos seus poros, lembrando ervas e flores, entre elas a do jasmim.*

Flores faz uma pausa, pensativo, fecha os olhos e assim continua:

— *Como descrever o que se passou então, pois palavras vulgares jamais aí caberiam? Talvez eu deva contar, apenas, que chegou um momento em que estávamos naturalmente nus. Eu me aconchegara tanto ao corpo generoso de madame Zenaide que me perdia nele. Pois não era apenas o meu sexo que eu sentia penetrá-la, conhecendo pela primeira vez o que era uma mulher, e sim eu por inteiro, todo o meu corpo e o meu ser. Mas posso dizer que aquela mulher de carne e osso que ali estava, e só depois tive termos de comparação e soube que nem sempre as coisas se passavam desse modo tão completo, não me induzia a qualquer tipo de esforço e nem ela o fazia. O que quer que existisse escondido em seu ventre me envolvia em contrações suaves, como um anel macio, retendo-me e soltando-me, enquanto madame Zenaide me abraçava, mantendo-me quieto, com a cabeça em seus seios. O que não me impediu de, levantando o olhar, ver em seu rosto também o prazer. Mas era como se ela, com os olhos abertos fitando o vazio, não estivesse somente ali comigo, mas também em outros tempos e lugares; como se ela fosse muito mais do que uma. E assim me esvaí, sentindo-me sumir, como se naquele momento houvesse chegado ao fim de toda uma época de turbulência, caindo num sono profundo.*

Flores permanece de olhos fechados, sentindo a lassidão e o sono tomarem conta dele. Ao ouvir uma voz chamá-lo — "Antônio, Antônio" —, esta parece vir de outro mundo, arrancando-o de uma gruta protegida. O pianista abre os olhos e vê Michelle.
— E então? — ela diz.
— Então o quê?
— Estela — Michelle fala, impaciente.
Antônio se levanta e desliga o gravador.
— É muito tarde, precisamos dormir um pouco. — Está irritado, pois percebe que o que verdadeiramente interessa a Michelle é Estela, para medir-se com a outra garota.

137

O pianista vai para o quarto e joga-se na cama, afundando a cabeça no travesseiro. Michelle o segue, levando o gravador, que ela deixa, sem ligá-lo, sobre a mesa de cabeceira. Deita-se ao lado de Antônio e o sacode. Ele entende que não conseguirá livrar-se antes de terminar a parte de Estela na história. Senta-se com as costas apoiadas na cabeceira da cama e sente um prazer cruel ao dizer, em francês:

— Se você quer mesmo saber, tive Estela na noite do velório de minha avó.

Mas, se pretendia ferir e escandalizar a garota, obtém o efeito contrário, pois ela se aconchega nele.

— Não acredito — ela diz, sorridente.
— As cartas não mentem jamais. Lembra-se do dez de espadas? A morte ou um encontro na madrugada?
— Sim, claro.
— Pois aconteceram ambos na mesma noite. Mas antes é preciso voltar um pouco atrás. Quando acordei, madame Zenaide não se encontrava no quarto e já escurecera. Embora não houvesse dormido mais do que uma hora, sentia-me completamente revigorado. Vesti-me às pressas e fui até aquele cômodo que podia ser chamado de sala, mas nem madame Zenaide nem Zulmira se encontravam lá. Apenas Ildete, a mocinha, que, simpática como sempre, disse que iria levar-me ao ponto de ônibus. Descemos de mãos dadas e eu sentia um grande amor por ela, uma coisa assim de irmãos, ou de algum outro tipo de vínculo que envolveria o meu avô. Mas não era apenas isso que me dava segurança nas vielas do morro. Ao sairmos da casa, deparando com as luzes do Rio de Janeiro lá embaixo, aquela visão reduzia a rua que eu habitava, e a mim mesmo e Estela, a dimensões ínfimas sob o céu estrelado. E quanto mais ínfimo eu me sentia, mais uma sensação de poder me tomava. Era como se, depois de tudo por que eu passara, nada pudesse me acontecer. Talvez porque sentisse madame Zenaide comigo.

— Você tornou a vê-la?
— Não, nunca. Para falar a verdade, tentei. Mas isso só depois do meu encontro com Estela. Pedi então a Zulmira que

marcasse uma nova consulta com a cartomante, pois todo o meu ser ardia por ela. Dois dias depois Zulmira veio com a resposta. Que nunca, mas nunca mesmo, eu deveria encontrar-me outra vez com madame Zenaide, sob pena de um grande perigo, de embaralhar todas as cartas. Não sei exatamente por quê, desconfiei que madame Zenaide estaria se referindo também a alguma proibição que meu avô infringira e por isso tivera aquele destino. Entendi, também, que o que madame Zenaide fizera por mim, recebendo-me em seu quarto e em seu próprio corpo, fora uma grande distinção, que exigira que ela fosse até o fundo dos seus poderes.

— Disso eu não duvido — Michelle diz, novamente sarcástica.

Flores faz questão de ignorar tal comentário.

— Ela não apenas lera o meu destino nas cartas, mas o alterara profundamente com a generosidade da sua entrega. E, no momento mesmo em que eu descia o morro com Ildete, Estela, como vim a saber, rondava a minha casa, apesar de o nosso encontro só se dar na noite seguinte. As pessoas, como você deve saber, Michelle, são como peças de xadrez ou cartas num jogo de baralho. Se você altera a disposição de uma delas, como madame Zenaide fez comigo, a relação de todas as outras peças ou cartas com você, ou entre si mesmas, estará automaticamente alterada. Posso então dizer que madame Zenaide alterou naquele momento também o seu destino, Michelle.

— Isso me arrepia, pois eu nem era nascida — diz a garota, e Antônio não percebe se ela brinca ou fala a sério.

— Não só o seu destino — ele continua — mas o das pessoas envolvidas com você, como René, e por que não dizer, Dorothy. Pois, sem o meu destino transformado pela cartomante, eu não estaria aqui com você, talvez não estivesse em lugar algum, e alguma coisa na noite deles teria sido diferente, assim como o seu destino daqui por diante. Não teríamos tido nossas conversas, deixando cada um com o outro um pouco de si, além dos terceiros envolvidos, como Godard e madame Zenaide, como se também estes dois se encontrassem nesta noite em Chicago. Você dirá isso a Dorothy e René, Michelle?

— Direi, pode ter certeza.

O pianista se mostra mais tranqüilo:

— Mas, voltando àquele tempo, as coisas se precipitaram de um modo tal que minha avó morreu logo na tarde seguinte. Está certo que sua morte era mais ou menos previsível, mas quando Estela, a pretexto de relações de vizinhança, apareceu na capela do velório, aquilo começou a formar um sentido maior para mim, como parte de um destino inexorável. Quando ela veio me abraçar, murmurou em meu ouvido como se transmitisse graves condolências: "Te esperei ontem em frente à janela". "Encontre-me daqui a uma hora em minha casa", eu disse, sem hesitação. Logo depois, tendo cumprimentado minha família, Estela deixava o velório, que transcorreria durante toda a noite.

— Você não sentiu remorsos por sua avó?

— Eu era inteiro uma exaltação febril pela vida, como alguém que houvesse se levantado da própria tumba. Não tinha mais tempo a perder com a morte ou os mortos, compreende?

— Acho que sim. — Michelle se deixa quedar de costas na cama.

— Ninguém se opôs a que eu fosse para casa — Antônio prossegue. — Pelo contrário, temiam que o ambiente fúnebre me fizesse recair na doença, e um amigo da família me levou para casa de carro. Quando dei por mim, estava novamente em meu antigo posto à janela da sala, espreitando a rua. Confesso que, apesar da previsão das cartas, temia que Estela não viesse. Por um momento, passou-me pela cabeça a idéia de tocar a *Sonata atlântica*, para que Estela se materializasse. Creio que estava louco, mas daríamos algum grande salto na vida se não ficássemos temporariamente loucos? Mas a lucidez que há em toda loucura me fazia ver que tocar piano à uma hora da madrugada poderia botar tudo a perder, afugentar Estela. Esperei-a com a mão no trinco e abri a porta tão logo ouvi seus pés galgando a escadinha do jardim. Estela caiu em meus braços. "Não posso me demorar", ela disse, trêmula, ofegante. "Podem dar por minha falta em casa."

Flores, pensativo, faz uma pausa, e Michelle, sub-repticiamente, estende a mão para o gravador e aperta a tecla de gravação, pois pressente que se aproxima um desfecho.

O pianista, automaticamente, volta a falar em inglês:

— *O que se passou depois foi tão rápido, que às vezes me pergunto se aconteceu de verdade. Fui tirando a blusa, a calça comprida, o sutiã de Estela, que permanecia ali parada, respirando forte, com os olhos arregalados de surpresa, pois talvez só esperasse abraços, beijos. Com uma das mãos em suas costas, fui empurrando-a com a outra, até que Estela estivesse deitada no tapete, bem próxima ao piano. Enquanto, de pé, eu tirava a minha própria roupa, contemplei longamente a quase-nudez de Estela, iluminada pela luz do poste da rua. Não posso nem dizer que era muito bonita, apenas uma menina como as outras, o corpo ainda não formado de todo; uma garota meio sapeca, que eu já vira até jogar futebol com os meninos. Mas era a minha primeira garota, compreende? Aquela a quem se dirigia a desordem da minha paixão. E eu queria fixá-la com o olhar, guardá-la para sempre, com sua pele queimada de sol, realçada pela calcinha branca, tornando ainda mais cobiçado e misterioso o que se escondia nela. Ah, e aqueles pequenos seios, meu Deus, aqueles pequenos seios! Enfim, tudo aquilo que me faltava e me ultrapassava; aquilo que, vim a compreender depois, eu jamais viria a possuir de verdade, porque era inatingível e eu estaria condenado a buscá-lo até a morte; aquilo que só madame Zenaide e talvez a dama de ouros me poderiam dar. Mas me perco, de novo.*

Antônio finge não prestar atenção aos seios de Michelle, que tirou o paletó do pijama.

— *Quando me debrucei, afinal, sobre Estela e comecei a puxar a sua calcinha, ela se pôs a chorar baixinho e dizia "não, não". Por um momento me senti um criminoso e pensei em desistir daquilo. Mas eu estava entre a cruz e a espada, que eram uma só figura como eu percebera com o cavaleiro na parede do quarto de madame Zenaide. A espada que eu podia apontar para fora ou voltar contra mim, crucificando-me irremediavelmente. E não posso negar que aquilo ser uma espécie de crime aumentava o meu desejo.* — Antônio torna a dar aquela risada breve e nervosa, consciente de que ela será parte do que se compõe no gravador.

— *Além do mais, Estela estava ali inerte e agora entregue, como alguém, eu diria, pronta para o sacrifício. Como se não passasse de uma carta no baralho, um encontro há muito tempo marcado para a madrugada. Quando a penetrei, um grito breve ecoou na casa e talvez fora dela, o mesmo grito com o qual eu iniciaria a* Sinfonia da bola nº 2, *que, naquele instante mesmo, sem que eu o soubesse, começava a se fazer em mim, enquanto Estela, com os olhos cheios de lágrimas silenciosas, cravava suas unhas nas minhas costas.*

Michelle despiu-se toda e está ali totalmente entregue, deitada de costas na cama. Mas não escapa a Antônio que a garota trouxe o gravador para junto de si. E o pianista ainda tem alguma coisa a acrescentar, como um último suspiro.

— *Terminado tudo, enquanto eu permanecia ali no chão, esgotado, Estela, ainda com lágrimas nos olhos, levantou-se e começou a vestir-se depressa. Depois, sem dizer uma palavra, saiu rápido, batendo a porta. Na verdade, como o seu Daniel, Michelle, eu pagava o preço por ser o primeiro e nunca mais a teria, mas isso não me importaria tanto, pois também ela já cumprira o seu papel em minha vida.*

Levantei-me e cheguei à janela, ainda a tempo de vê-la correndo pelo meio da rua, até desaparecer na esquina, como se não passasse de um sonho ou delírio meu no meio da noite, igual à Estela que não era bem Estela, fugidia e sem rosto num cordão carnavalesco. Mas havia no tapete uma mancha vermelha, bem real. Sabe o que fiz, então?

Michelle não responde e, com a respiração ofegante, começa a puxar a calça de Flores que, embora se deixe despir, continua a falar, algo excitado:

— *Sentei-me ao piano e comecei a tocar, não a* Sonata atlântica, *de Estela, que se tornava passado, mas uma composição*

que se construía sozinha e nada tinha a ver com Carnavais tristes, mas com o futuro. A Sinfonia da bola nº 2 que, embora começasse com aquele grito noturno de uma virgindade perdida, seguia com o menino indo para a praia e...
Michelle já tirou a camisa do corpo de Flores e tapa a sua boca.
— Nós também temos um encontro na madrugada, Antônio — ela sussurra, colocando a voz bem próxima ao gravador.
Antônio sabe que ela quer roubar para si o final da história, mas isso o excita e ele abraça a garota, que ainda diz:
— Sou uma garota pronta para o sacrifício, uma carta vagabunda no baralho. Me come toda, faz comigo o que você quiser.

Antônio está à janela e, na tonalidade da noite, da neblina, já pressente o dia. Michelle dorme largada de bruços e Antônio se vê irreal como um vampiro diante da iminência da aurora. Por um instante, tem a ilusão de que, nesse estado, se se instalasse ao piano, poderia materializar, afinal, a composição da febre e do delírio. Mas logo volta a se dar conta de que aquela é uma composição em torno da qual só se pode vagar, compor o que ela não é, contar a história do que seria possível ela ser.
A *Sinfonia da bola nº 2*, porém, como a *nº 1* e outras composições suas, é mais real do que ele próprio — Antônio pensa —, pois é executada em toda parte, independentemente dele. Nela, o grito breve de uma virgindade perdida, que é também a sua, se ouve como o partir de um cristal e o menino deixa, por fim, a casa, junta-se aos outros garotos e vão em bando pelas ruas jogar bola na praia.
O garoto está atuando ali pelo meio do campo, meio desligado do jogo, um garoto esquisito, meio maluco, atento às ondas batendo na areia, aos ruídos da cidade se perdendo no oceano, ao do vento cortado no mergulho de uma gaivota, e até ao silêncio de um peixe nas águas, um segundo antes do seu dilaceramento por outro peixe. Antônio sabe que toda obra contém esse dilaceramento.

Ninguém passa a bola ao garoto, mas, de algum modo, ele conhece em si que é um craque latente. Quando uma bola alta, perdida, vem em sua direção, ele a mata no peito e, em vez de passá-la a um companheiro ou chutá-la em gol, levanta-a com um dos pés, para, depois, com o outro, dar um chutão para cima, com uma força e uma velocidade incríveis. A bola sobe alto, muito alto, e pouco importa ao garoto que os outros meninos o expulsem do campo, entre porradas, por estar avacalhando o jogo, pois ele se vê subindo junto com a bola para muito alto e longe dali, para não cair mais, numa jogada, uma composição, que carrega também a gaivota, as ondas, o peixe e o seu dilaceramento, que é também o dele, Antônio.

A *Sinfonia da bola n.º 2* tem sido uma sinfonia aberta e inacabada, à qual sempre se pode acrescentar alguma coisa, pois a bola continua a viajar, naquela jogada sem fim. Se Antônio tocasse a parte do piano, ali no hotel, introduziria as notas da respiração de uma garota dormindo, desarmada, enquanto a bola seria a própria Terra oferecendo sua face onde se encontra Chicago aos primeiros raios de sol que ferem os olhos e o coração de um vampiro.

O pianista toma um rápido banho e logo está arrumando silenciosamente sua mala, guardando nela o pijama com o cheiro de Michelle. Antônio chega até a cama e cobre a garota, com o cuidado de não despertá-la, porque não há mais nenhuma palavra a ser dita, nenhuma nota a ser tocada. O ato terminou e ele deve abandonar a cena para não estragá-la, para que as notas continuem a percutir no tempo.

Na recepção do hotel ele avisa que a moça do 1512 dorme em seu quarto e que não a acordem: "Ela pode estar sonhando", diz. "E não se devem interromper os sonhos."

Agora Antônio está no aeroporto, apenas um passageiro anônimo, de óculos escuros, na esteira rolante, no meio de tantos outros passageiros. O seu movimento, estacionado na esteira, dá-lhe uma noção exata de que não existe nenhum lugar para ir, o mundo é muito pequeno, o único movimento significativo é o do próprio planeta, a bola, dentro ou fora dele, Antônio. E tudo o que lhe aconteceu e acontece de importante se deu e se dá em sua própria casa; a casa que ele carrega consigo para Tóquio.

A bola agora já deu mais algumas voltas e Antônio já não voa em direção ao Oeste, num dia absurdamente prolongado, mas de volta a uma noite que corre ao seu encontro para aconchegá-lo. As luzes de Las Vegas, vistas lá de cima durante o pouso, como uma miragem cinematográfica, são para Antônio sinais ainda mais carregados de sedução e mistérios do que os ideogramas nos anúncios luminosos de Tóquio, vistos do Hotel Imperial. Mas foi durante a noite que passou num motel-cápsula que Antônio ligou para Dorothy.

— Não sei mais quem sou, Dorothy, não sei o que é verdade ou mentira em minha vida. Às vezes só as histórias me parecem reais.

— É porque a gente pode narrá-las, Antônio. Ouvi a fita e Michelle me contou o princípio de tudo.

— Talvez eu lhe deva algumas explicações, Dorothy. Existiu um menino solitário, ao piano e à janela, uma garota que ele espiava, a cicatriz na testa e uma vidraça partida, um avô morto e canções, lances de futebol e de cartas, noites de febre e delírio. Mas, a partir de certo momento, nem eu sei quando, é como se a história se despregasse de mim e seguisse sozinha, como uma bola chutada para o alto, ou uma sinfonia. Ou como se eu trapaceasse no jogo de cartas. Mas, agora, estou aqui num motel-cápsula e isso é bem real, Dorothy.

— Está gostando de estar aí, Antônio?

— Sim, muito. Em suas cápsulas, japoneses dormem esgotados de tanto trabalhar, ou vêem TV, para terem uma ligação com o mundo. Mas eu estou apenas comigo mesmo, em minha casa mais do que nunca, e agora com você, Dorothy, como se fantasias e profecias se materializassem. E, em algum lugar dentro de mim, abrigo e sou abrigado por uma certa madame Zenaide, que dispôs cartas, entre elas uma dama de ouros, para um garoto que terá se afogado no colo dessa mulher negra e feiticeira. Cartas que foram lidas outra vez em Chicago, revelando esta história de Antônio Flores.

— As cartas não mentem jamais, Antônio, e só as histórias são verdadeiras. Venha me ver.

1ª EDIÇÃO [1994] 7 reimpressões

ESTA OBRA FOI COMPOSTA PELA HELVÉTICA EDITORIAL EM GARAMOND LIGHT
E IMPRESSA PELA GEOGRÁFICA EM OFSETE SOBRE PAPEL PÓLEN SOFT DA
SUZANO PAPEL E CELULOSE PARA A EDITORA SCHWARCZ EM MAIO DE 2010